워터십 다운의 열한 마리 토끼 4

WATERSHIP DOWN

Copyright ⓒ 1972 by Richard Adams
All rights reserved.

Korean Translation Copyright ⓒ 2002 by Sakyejul Publishing Ltd.
Korean translation rights arranged with David Higham Associates
through Eric Yang agency, Seoul.

이 책의 한국어판 저작권은 에릭양 에이전시를 통해 David Higham Associates사와 맺은
독점 계약에 따라 한국어 판권은 (주)사계절출판사가 소유합니다.
저작권법에 따라 한국 내에서 보호를 받는 저작물이므로 무단 전재와 무단 복제를 금합니다.

워터십 다운의 열한 마리 토끼 4

리처드 애덤스 지음 | 햇살과나무꾼 옮김

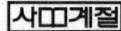

토끼어 사전

난	'맛있는', '먹기에 좋은'이라는 뜻.
니-프리스	낮 열두 시. 한낮.
닐드로-하인	'검정지빠귀의 노래'라는 뜻. 암토끼 이름.
라	대개 접미사로 쓰여 왕자나 지도자, 족장 토끼를 뜻한다.
루	어떤 낱말에 덧붙여서 그 말보다 더욱 작은 개념이나 친애의 뜻을 나타내는 접미사.
말리	암토끼. '어머니'라는 뜻도 있다.
므사이언	우리는 그들을 만났다.
바이어	배설물을 누다.
밥-스톤스	토끼들의 전통 놀이로, 작은 돌멩이나 막대기 조각 따위를 가지고 한다. 기본적으로 '홀수냐, 짝수냐'와 같은 종류의 단순한 도박이다.
산	공포 때문에 멍해지거나 미치거나 최면에 걸린 듯한 상태. '얼간이 같은', '비탄에 젖은', '절망적인' 상태를 뜻하기도 한다.
슬라이	털.
슬라일리	털머리. 빅웍의 토끼 이름.
실프	바깥, 곧 땅속이 아닌 곳.
실플레이	먹이를 먹으러 땅 위로 나가는 일.
아우슬라	힘세고 영리한 토끼들을 뽑아 만든 통치 집단.
아우슬라파	장로회 경찰로, 에프라파에만 있는 말.
에프라파	운드워트 장군이 세운 토끼 마을.
엘릴	토끼의 적.
엘-어라이라	토끼족의 전설 속의 영웅. 천의 적을 가진 왕자라는 뜻.
엠블리어	여우 냄새와 같이 고약한 냄새를 풍긴다는 뜻.
요나	고슴도치.

우 엠블리어	'재수 없는', '망할', '빌어먹을'이라는 뜻.
우 흐라이어	천의 적. 여우, 담비, 족제비, 고양이, 인간 등 토끼의 적을 말한다.
인레	달 또는 달이 뜨는 시각. 추상적인 의미로 어둠, 죽음, 공포를 뜻하기도 한다.
존	'끝났다' 또는 '끝장이다'라는 말로, 끔찍한 파국을 뜻한다.
크릭사	에프라파의 중심부로, 두 승마길이 만나는 지점에 있다.
티수딘낭	'나뭇잎의 움직임'이라는 뜻. 암토끼 이름.
푸 인레	달이 뜬 이후.
프리스	토끼들이 신으로 의인화한 태양.
프리스라	'태양신' 또는 '하느님'이라는 뜻으로, 인간의 언어로는 '아이고, 맙소사!'쯤 되는 토끼의 감탄사.
플레이	풀 따위의 먹이.
플레이라	양상추 같은 맛있는 먹이.
하이젠슬라이	'이슬처럼 빛나는 털'이라는 뜻. 암토끼 이름.
홈바	여우.
흐라이어	'많다' 또는 '1천', '다수'라는 뜻.
흐라이루	'작은 천'. 파이버의 토끼 이름.
흐라카	똥이나 오줌 같은 배설물.
흐루두두	트랙터 또는 자동차 종류.
흘라오	민들레나 엉겅퀴 꽃받침처럼 물기가 고이는 오목한 곳. 핍킨의 토끼 이름.
흘라오-루	'꼬마 흘라오'란 뜻으로, 흘라오를 친근하게 부르는 애칭.
흘레시	굴이나 마을 없이 땅 위에서 사는 토끼. 트인 땅에서 사는 떠돌이 토끼. 복수형은 흘레실.

4 부 차 례

39 널다리   11
40 귀로   30
41 로스비 우프와 페어리 와그도그 이야기   50
42 해 질 무렵에 들려온 소식   71
43 대정찰   83
44 엘-어라이라가 보낸 메시지   95
45 다시 너트행어 농장으로   108
46 불굴의 전사 빅윅   117
47 하늘도 숨을 죽이다   130
48 흐루두두를 타고 온 여신   147
49 돌아온 헤이즐   155
50 그리고 마지막   162
에필로그   176

4부

헤이즐 - 라

39 널다리

> 사공이 춤춘다. 사공이 노래한다.
> 사공은 무엇이든 한다.
> 춤춘다, 사공이, 춤춘다.
> 밤이 가고 훤한 대낮이 오도록 춤을 춘다.
> 아침이 오면 아가씨들과 함께 집으로 간다.
> 여엉차, 사공이여 노를 저어라.
> 오하이오 강 따라 배를 저어라.
>
> 미국 민요

다른 강이었다면 블랙베리의 계획은 실패로 돌아갔을 것이다. 뗏배는 강기슭을 벗어나기가 쉽지 않을뿐더러 강으로 나간다 해도 얕은 곳에 얹히거나 물풀 같은 장애물에 걸려 오도 가도 못하기 십상이다. 하지만 이곳 테스트 강은 가라앉은 나뭇가지도 없고 삐죽이 튀어나온 모래톱이나 수면 위로 자라는 물

풀도 없었다. 강물은 사람이 한가롭게 산책하는 속도로 일정하게 흘렀다. 그 덕분에 배는 강기슭을 떠날 때 붙은 속도를 그대로 유지하면서 유유히 하류로 떠내려갔다.

토끼들은 대부분 어찌 된 영문인지 알지 못했다. 에프라파 암토끼들은 난생 처음으로 강을 보았고, 핍킨이나 호크빗 역시 지금 배를 타고 가는 중이라고 말해 줘도 무슨 말인지 모를 게 뻔했다. 토끼들은 그저 헤이즐을 믿고 따를 뿐이었다. 하지만 운드워트와 추적대가 사라졌다는 사실만큼은 누구나 알고 있었다. 그래서 지칠 대로 지친 토끼들은 흠씬 젖은 채 앞날을 걱정할 기운도 없이 웅크리고 있으면서도 막연한 안도감을 느꼈다.

그런 상황에서 안도감을 느끼고 있다니 놀라운 일이었다. 그것만 보아도 토끼들이 운드워트를 얼마나 두려워하는지, 자신의 처지를 얼마나 모르는지 알 수 있다. 사실 운드워트의 손아귀를 벗어났다 뿐이지 결코 좋은 상황이 아니었다. 비는 그칠 줄 모르고 내렸다. 이미 흠뻑 젖은 토끼들은 더 이상 비를 느끼지 못했지만, 털이 젖은 탓에 몸이 무지근하고 추위에 덜덜 떨었다. 배 바닥에는 물이 1센티미터도 넘게 괴어 있었다. 바닥에서 떨어져 나온 작은 널 하나가 둥둥 떠다녔다. 난생 처음 배를 타 본 터라 몇몇 토끼들은 어리둥절하게 서 있다가 물이 없는 뱃머리나 고물에 몰려 앉았다. 티수딘낭과 스피드웰은 배 한복판에 있는 좁다란 가로대 위에 웅크리고 있었다. 불

편한 것은 둘째 치고 숨을 곳 하나 없이 훤히 드러나 있는 상태였다. 배를 조종할 방법도 없고 어느 쪽으로 가고 있는지도 몰랐다. 하지만 이런 문제는 헤이즐, 파이버, 그리고 블랙베리만 고민하고 있을 뿐 다른 토끼들은 아무 생각도 없었다.

빅윅은 기진맥진해서 헤이즐 곁에 털썩 쓰러져 누웠다. 에프라파에서 강까지 빅윅을 버티게 한 불 같은 용기는 어느덧 사그라지고 이제는 어깨 상처가 심하게 아파 왔다. 비가 내리고 앞다리가 욱신거렸지만, 바닥에 늘어진 채 그대로 잠들고만 싶었다. 빅윅은 눈을 뜨고 헤이즐을 쳐다보았다.

"그런 일은 두 번 다시 못하겠어."

"이젠 그럴 필요도 없어."

"정말 아슬아슬했지. 천에 한 번 성공할까 말까 한 모험이었어."

"우리 손자의 손자들에게까지 멋진 모험담으로 전해질 거야. 근데 어깨는 어쩌다가 다쳤니? 상처가 심한 것 같은데?"

"장로회 경찰 토끼랑 맞붙었어."

"뭐라고?"

헤이즐은 '장로회'가 뭔지 몰랐다.

"허프사같이 고약한 놈이었어."

"놈을 때려눕혔어?"

"당연하지. 안 그러면 여기 있지도 못했을 거야. 놈은 달리기를 멈추었을걸. 암튼 헤이즐-라, 우린 암토끼가 생겼어. 이젠 어떡할 거야?"

"나도 모르겠어. 우리한텐 똑똑한 토끼들이 있으니까 가르쳐 주겠지. 그리고 키하르가…… 아니, 키하르는 어디 갔지? 우리가 앉아 있는 이 물건에 대해선 키하르가 잘 아는데."

헤이즐 곁에 웅크리고 있던 댄더라이언은 '똑똑한 토끼'라는 말에 일어나서 물이 흥건한 곳을 지나 파이버와 블랙베리를 데려왔다.

헤이즐이 말했다.

"앞으로 어떻게 해야 할지 생각하고 있어."

블랙베리가 말했다.

"곧 강가에 도착할 것 같은데 그때까지 기다렸다가 내려서 숨을 곳을 찾아야지. 그 빅윅의 친구들한테서 멀어지면 멀어질수록 좋으니까."

헤이즐이 말했다.

"지금 당장이 문제야. 숨을 곳도 없고 달아날 데도 없잖아. 인간한테 들키기라도 하면 큰일이야."

블랙베리가 말했다.

"인간은 비를 싫어해. 그건 나도 마찬가지지만, 아무튼 비가 오는 동안은 안전할 거야."

그때 블랙베리 바로 뒤에 있던 하이젠슬라이가 흠칫하면서 고개를 들었다.

"저, 말씀 중에 죄송한데요."

하이젠슬라이는 에프라파 지휘관에게 하듯이 말했다.

"새가…… 그 하얀 새가 이쪽으로 오고 있어요."

키하르는 빗속을 뚫고 강줄기를 따라 날아와서 배 가장자리에 내려앉았다. 근처에 있던 암토끼들이 움찔움찔 물러났다.

키하르가 말했다.

"에이즐 씨, 다리 나와. 다리 보여?"

토끼들은 어젯밤 폭풍우가 시작되기 전에 지나온 길을 거슬러 가고 있는 줄은 꿈에도 몰랐다. 강가 산울타리 저편의 길을 지나갈 때 보던 풍경과 지금 보는 풍경은 전혀 딴판이었기 때문이다. 하지만 이제 보니 나흘 전 처음 테스트 강에 도착했을 때 건넌 다리가 멀지 않은 곳에 있었다. 다리는 강둑에서 보던 모습이나 지금이나 똑같았기 때문에 금방 알아볼 수 있었다.

키하르가 말했다.

"다리 아래로 지나갈 수 있을지 어떨지 몰라. 그냥 앉아 있으면 안 돼."

다리 양 끝에는 나직한 기둥 두 개가 다리를 떠받치고 있었다. 다리는 아치 모양이 아니었다. 강철로 된 다리 밑부분은 수면과 완벽하게 평행을 이루고 있었는데, 수면과의 거리도 고작 20센티미터밖에 되지 않았다. 그제야 헤이즐은 키하르의 말을 알아들었다. 설령 배가 다리 밑부분에 부딪치지 않는다 해도 잘해야 가까스로 지나갈 수 있을 것이다. 몸을 배 바닥에 찰싹 붙이지 않으면 다리에 부딪쳐서 물에 빠지고 말 것이다.

헤이즐은 당장 흥건히 고인 물을 헤치고 맞은편에 모여 있는 토끼들한테 다가갔다.

"모두 바닥에 엎드려! 납작 엎드리라구! 실버, 호크빗, 모두 다! 물 같은 건 신경 쓰지 마! 너, 그리고 너…… 이름이 뭐지? 아, 블랙카바르지? 모두 엎드리라고 해. 어서."

에프라파 토끼들은 빅윅에게 그랬듯이 헤이즐의 명령에 재깍 따랐다. 키하르는 앉아 있던 자리에서 날아올라 다리의 나무 난간 너머로 사라졌다. 다리 양쪽에 있는 콘크리트 기둥 때문에 강폭이 좁아지면서 다리 아래쪽은 물살이 조금 빨라졌다. 뱃전이 앞을 향한 채 떠내려가던 배가 핑그르르 돌자 방향 감각이 사라지면서 다리는 보이지 않고 강둑이 눈에 들어왔다. 우물쭈물하는 사이, 나뭇가지에서 눈덩이가 굴러 떨어지듯이 다리가 시커먼 덩어리처럼 달려들었다. 헤이즐은 바닥에 납작 엎드렸다. 비명 소리가 나면서 토끼 하나가 헤이즐 위로 넘어졌다. 다음 순간 뭔가 세게 부딪쳐 와서 배가 부르르 흔들리더니 거칠게 나아가기 시작했다. 곧 삐걱이는 소리가 둔탁하게 울렸다. 사방이 어두워지면서 바로 위에 천장이 나타났다. 한순간 헤이즐은 굴속에 들어온 기분이었다. 곧이어 천장이 사라지고, 배는 계속 미끄러져 내려가고, 키하르의 목소리가 들려왔다. 토끼들은 다리를 지나 계속 떠내려갔다.

헤이즐한테 엎어진 토끼는 에이콘이었다. 다리에 부딪쳐 날아온 것이다. 에이콘은 멍해 보였지만 크게 다친 것 같지는 않앉다.

"내가 굼떠서 그랬어, 헤이즐-라. 에프라파에 가서 훈련 좀 받아야 할까 봐."

"거기 가면 살아남지도 못할걸. 저쪽에 너 말고도 운 나쁜 친구가 또 있다."

암토끼 하나가 바닥에 괸 물을 피하려다 강철로 된 다리 밑부분에 등을 찧은 모양이었다. 부상을 당한 게 분명했지만 얼마나 심한지는 알 수 없었다. 헤이즐은 하이젠슬라이가 그 곁에 있는 것을 보고 자기가 도와줄 일이 없는 바에야 둘이 그대로 놔두는 게 좋겠다고 생각했다. 헤이즐은 꾀죄죄한 몰골로 덜덜 떨고 있는 친구들을 둘러보고 나서, 뒷전에서 말끔하고 활기찬 모습으로 앉아 있는 키하르를 보았다.

"강둑으로 돌아가야겠어, 키하르. 어떻게 하면 되지? 토끼들은 이런 거랑 안 맞아."

"배 못 세워. 하지만 또 다리 있어. 다리가 막아."

이젠 기다리는 수밖에 없었다. 계속 흘러가다가 두 번째 강굽이가 나타났는데, 여기서부터 강은 서쪽으로 흘러갔다. 물살이 느려지지 않아서 배는 강 한복판에서 빙글빙글 돌며 강굽이를 돌아갔다. 토끼들은 에이콘과 암토끼가 다친 일에 잔뜩 겁을 먹고는 바닥에 괸 물에 몸을 반쯤 담근 채 측은하게 엎드려 있었다. 헤이즐은 살짝 솟은 뱃머리로 올라가 앞을 내다보았다.

강폭이 넓어지면서 물살도 느려졌다. 배도 더 천천히 떠내려갔다. 이편 강둑은 높다랗고 나무가 빽빽하게 우거져 있었지만, 저편 강둑은 나직하고 훤히 트여 있었다. 워터십 다운의 잘 깎인 풀밭처럼 고른 풀밭이 펼쳐져 있었다. 헤이즐은 배가 물살에서 벗어나 그쪽 강둑에 닿았으면 했다. 그러나 배는 강 한복판으로 조용히 흘러갔다. 풀밭이 있는 강둑을 지나자 양쪽 둑에 나무들이 서 있었다. 하류 쪽에 키하르가 말한 다리가 나타났다.

그것은 오래된 짙은 색 벽돌 다리였다. 다리는 담쟁이덩굴과 쥐오줌풀과 담자색 해란초로 뒤덮여 있었다. 이번 다리는 나직한 아치 네 개로 이루어져 있었다. 배수로 역할을 하는 아치였는데, 수면과 아치 사이가 30센티미터밖에 되지 않았다. 그 틈새로 하류 쪽에서 가느다란 햇빛이 들이비쳤다. 상류에서 떠내려온 나뭇조각이나 해초 따위가 미끈한 다릿기둥에 달라붙어 있다가 조금씩 떨어져 나가 다리 밑으로 흘러갔다.

배는 떠내려가다가 다리에서 멈출 게 뻔했다. 다리가 가까워지자 헤이즐은 도로 납작 엎드렸다. 하지만 이번에는 그럴 필요가 없었다. 뱃전이 가운데 두 아치에 살짝 부딪치더니 그대로 걸려서 멈췄다. 배는 더 이상 나아가지 못했다.

토끼들은 15분 동안 8백미터나 되는 거리를 떠내려왔다.

헤이즐은 앞발을 뱃전에 올린 채 신중하게 상류 쪽을 바라보았다. 배와 수면이 만나는 흘수선을 따라 잔물결이 퍼져 나갔다. 강둑은 훌쩍 뛰어서 닿기엔 먼 데다 가팔랐다. 헤이즐은 돌아서서 위쪽을 쳐다보았다. 벽돌 다리는 중간에 튀어나온 부분이 있긴 했지만 난간까지 깎아지른 듯 가팔랐다. 그런 곳은 도저히 올라갈 수 없었다.

헤이즐은 고물에 고정되어 있는 가로대 쪽으로 가며 물었다.

"블랙베리, 이제 어떻게 하지? 네가 여기 타라고 했잖아. 내릴 땐 어떻게 해야 돼?"

"나도 모르겠어, 헤이즐-라. 온갖 궁리를 다 해 봤지만 이번엔 안 되겠어. 헤엄쳐야 할까 봐."

실버가 끼어들었다.

"헤엄? 헤엄치는 건 싫어. 그리 멀진 않지만 강둑 좀 봐. 기어 올라가기도 전에 물살에 떠내려가고 말걸. 그랬다간 다리 밑에 있는 저 구멍으로 휩쓸려 들어가겠지."

헤이즐은 아치와 수면 틈새로 하류 쪽을 내다보려고 했지만 잘 보이지 않았다. 컴컴한 터널은 길지 않은 것이 배 길이쯤 되어 보였다. 물은 잔잔했다. 장애물도 없고 수면과 아치 사이에는 머리 하나쯤 들어갈 공간이 있어서 헤엄도 칠 수 있을 것 같았다. 하지만 틈이 너무나 좁아서 다리 너머에 무엇이 있는지 보이지 않았다. 터널 속은 어두침침했다. 물, 푸른 이파리들, 물에 어른어른 비치는 잎 그림자들, 떨어지는 빗방울, 회색의 수직선들처럼 보이는 이상한 물체, 보이는 것이라곤 그것뿐이었다. 빗방울 소리가 음울하게 메아리쳤다. 다리 밑에서 울리는 금속성 소리는 땅속에서 듣던 소리와 전혀 달라 불안했다.

헤이즐은 블랙베리와 실버한테 돌아갔다.

"진짜 곤란하게 됐군. 이대로 있을 수도 없고 나갈 방법도 없고."

키하르가 다리 난간 위에 나타나더니, 날개를 퍼덕여 빗방울을 털고 뱃전에 내려앉았다.

"배는 여기서 끝나. 기다리지 마."

헤이즐이 물었다.

"그럼 강둑까지 어떻게 가?"

키하르가 깜짝 놀라며 말했다.

"개 헤엄, 쥐 헤엄. 헤엄 못 쳐?"

"짧은 거리라면 헤엄칠 수 있어. 하지만 강둑이 너무 가팔라. 물살에 떠밀려 이 굴속으로 떠내려갈 거야. 다리 너머에 뭐가 있는지도 모르는데."

"괜찮아. 그냥 나가면 돼."

헤이즐은 난감했다. 이 말을 어떻게 이해해야 할까? 키하르는 토끼가 아니다. 큰 물이 뭔지는 모르지만 이 강보다는 더 클 테고 키하르는 거기에 익숙할 것이다. 키하르는 말을 많이 하지 않는 데다 토끼어를 잘 모르는 탓에 아주 단순한 말만 썼다. 키하르는 토끼들이 자기 목숨을 구해 주었기 때문에 도와주고는 있지만, 내심 날 줄도 모르고 겁 많고 힘없고 한곳에만

붙박여 사는 동물이라고 토끼를 무시하고 있었다. 키하르는 토끼의 입장에서 강물을 생각한 끝에 그런 말을 한 걸까? 다리를 지나면 물살이 빠르지 않고 토끼들이 쉽게 올라갈 수 있는 완만한 둑이 나타난다는 뜻일까? 아무래도 지나친 기대 같았다. 아니면 키하르는 단순히 급한 마음에 자기한테 별로 어렵지 않은 일이니 우리도 한번 해 보라고 한 걸까? 그게 더 그럴 듯했다. 누구 하나가 강물로 뛰어들어 물살에 떠내려가 본다면? 그렇다 해도 그가 돌아와서 알려 주지 않는다면 남은 토끼들이 무슨 수로 알겠는가?

헤이즐은 초조하게 주위를 살폈다. 실버는 빅웍의 어깨 상처를 핥아 주고 있었다. 블랙베리는 잔뜩 긴장한 채 안절부절못하며 가로대를 오르락내리락할 뿐 뾰족한 수를 못 찾고 있는 듯했다.

헤이즐이 여전히 머뭇거리자 키하르가 소리를 꽥 질렀다.

"카악! 젠장, 토끼들은 안 돼. 나 하는 거 잘 봐."

키하르는 고물 위에서 어설프게 뛰어내렸다. 배와 컴컴한 아치 입구 사이에는 공간이 없었다. 키하르는 물오리처럼 몸을 낮춘 채 다리 밑으로 헤엄쳐 들어가 사라졌다. 헤이즐은 키하르의 모습을 눈으로 쫓았으나 처음에는 아무것도 보이지 않았다. 잠시 뒤 저 끝에서 빛을 등진 키하르의 검은 형체가 나타났다. 키하르는 밝은 곳으로 떠내려가 옆으로 돌더니 어디론가 사라졌다.

블랙베리가 이빨을 딱딱 맞부딪치며 말했다.

"그래서 뭐 어쨌다구? 키하르야 물에서 날아오를 수도 있고 물갈퀴로 헤엄칠 수도 있어. 우리처럼 털 속까지 젖어 덜덜 떨고 몸이 갑절이나 무거워진 건 아니잖아."

키하르가 다리 난간에 다시 나타났다.

"이제 가 봐."

하지만 가엾은 헤이즐은 여전히 망설였다. 다리가 다시 쑤셔 왔다. 게다가 다른 토끼도 아닌 빅윅이 지칠 대로 지쳐 의식을 반쯤 잃은 채 이 절박한 모험에 아무런 역할도 못하고 있는 모습을 보니 한 줌 남은 용기마저 사라졌다. 헤이즐은 물에 뛰어들 용기가 없었다. 이렇게 끔찍한 상황은 감당하기에 버거웠다. 헤이즐이 판자에 미끄러져 비틀거리다가 일어나 보니 파이버가 옆에 와 있었다.

파이버가 조용히 말했다.

"내가 갈게, 헤이즐. 괜찮을 것 같아."

파이버가 앞발을 뱃전에 올려놓았다. 그 순간 토끼들은 일제히 얼어붙은 듯 굳어 버렸다. 암토끼 하나가 물이 고인 바닥을 발로 굴렀다. 위쪽에서 발소리와 인간의 목소리, 그리고 하얀 막대기 타는 냄새가 다가오고 있었다.

키하르는 날아가 버렸다. 누구 하나 움직이지 않았다. 발소리가 가까워지고 목소리가 커졌다. 사람들이 다리 위에, 산울타리 높이만큼도 떨어지지 않은 곳에 와 있었다. 토끼들은 모두 도망치거나 땅속으로 숨고 싶은 본능에 사로잡혔다. 헤이즐은 하이젠슬라이가 자기를 바라보자, 마지막 힘을 짜내어 가만히 있으라는 눈빛을 보냈다. 말소리, 인간의 땀 냄새, 가죽 냄새, 하얀 막대기 타는 냄새, 욱신거리는 다리, 바로 귓가에서 웅웅거리는 축축한 터널, 이 모든 것이 언젠가 겪었던 일이었다. 인간들이 어떻게 그냥 지나치겠는가? 반드시 헤이즐을 찾아낼 것이다. 헤이즐은 다친 채 그들의 발치에 쓰러져 있다. 이제 인간들이 헤이즐을 붙잡으러 오고 있다.

소리와 냄새가 차츰 멀어지고, 쿵쿵거리는 발소리도 작아졌다. 인간들이 난간 아래는 쳐다보지도 않고 지나간 것이다. 인간들이 사라졌다.

헤이즐은 정신을 차리고 말했다.

"결정했어. 모두 헤엄쳐야 해. 블루벨, 넌 물토끼라고 했지? 날 따라와."

헤이즐은 가로대에 올라가 뱃전으로 갔다. 하지만 헤이즐을 따라온 토끼는 핍킨이었다. 핍킨은 움찔거리며 오들오들 떨면서 말했다.

"빨리, 헤이즐—라. 나도 따라갈 거야. 빨리 뛰어들어."

헤이즐은 눈을 꼭 감고 강물로 뛰어들었다.

엔본 강에서처럼 대번에 한기가 파고들었다. 그러나 그보다 더 괴로운 것은 물살이었다. 헤이즐은 세찬 바람처럼 강하면서도 유연하고 소리 없는 힘에 끌려가고 있었다. 발 디딜 곳

없는 춥고 숨 막히는 터널을 무기력하게 떠내려가고 있었다. 공포에 사로잡힌 채 물장구를 치고, 허우적거리며 고개를 쳐들어 숨 한 번 쉬고, 물 밑의 거칠거칠한 벽돌을 잡으려다가 놓치고 다시 물살에 휩쓸려 갔다. 갑자기 물살이 느려지더니 터널이 사라지고 컴컴하던 것이 환해지면서 나뭇잎과 하늘이 나타났다. 여전히 허우적거리는 동안 딱딱한 물체에 부딪쳐 퉁겨 나갔다 다시 뭔가에 부딪치더니 다음 순간 부드러운 땅이 느껴졌다. 헤이즐은 허둥지둥 앞으로 나아가다가 자신이 진흙탕 속을 힘겹게 나아가고 있음을 깨달았다. 질퍽질퍽한 강둑으로 나온 것이다. 헤이즐은 잠시 숨을 헐떡이며 누워 있다가 얼굴을 닦고 눈을 떴다. 가장 먼저 눈에 들어온 것은 핍킨이 진흙투성이가 된 채 1미터쯤 떨어진 곳으로 올라오는 모습이었다.

헤이즐은 조금 전의 두려움도 모두 잊고 환희와 자신감에 가득 차서 핍킨에게 기어가 함께 덤불숲으로 들어갔다. 헤이즐은 아무 말도 하지 않았다. 핍킨 또한 헤이즐이 말하기를 기대하지 않는 눈치였다. 둘은 보랏빛 부처꽃 수풀 그늘에 앉아 강을 바라보았다.

강물은 다리를 빠져나와 다시 흘러갔다. 양쪽 강둑은 나무와 수풀이 빽빽이 우거져 있었다. 헤이즐과 핍킨이 있는 곳은 늪 같은 곳으로, 어디까지가 강이고 어디서부터 숲이 시작되는지 구분이 잘 안 되었다. 고운 모래흙과 진흙이 깔린 얕은 물 안팎으로 물풀들이 군데군데 떼 지어 자랐다. 두 토끼는 질척한 땅에 길게 팬 자국을 남기며 기슭 쪽으로 나아갔다. 맞은편 강둑 쪽 다리에서부터 이쪽 강둑 조금 아래쪽까지 가느다란 쇠막대 창살이 비스듬히 쳐져 있었다. 풀 베는 철에 위쪽 낚시 구역에서 뒤엉킨 물풀들이 떠내려와 이 창살에 걸리면, 방수 장화를 신은 사람들이 긁어모아다가 비료를 만들기 위해 쌓아 두곤 했다. 왼쪽 강둑의 나무들 사이에는 이렇게 해서 생긴 퇴비가 산처럼 쌓여 있었다. 그곳은 썩는 냄새가 코를 찌르고 눅눅하며 사방이 막혀 있었다.

 헤이즐은 고약한 냄새가 나는 한적한 장소를 흐뭇하게 둘러보며 말했다.

 "고마운 키하르! 키하르를 믿길 잘했어!"

 그때 또 한 토끼가 다리 아래로 헤엄쳐 나왔다. 거미줄에 걸린 파리처럼 물살에 휩쓸려 버둥거리는 모습을 보자, 헤이즐과 핍킨은 두려움에 사로잡혔다. 토끼들은 다른 토끼가 위험에 빠진 것을 보면 자기도 위험에 빠진 것처럼 괴로워한다. 그 토끼는 쇠창살에 닿자, 그것을 따라 조금 떠내려오다가 강바닥을 딛고 진흙탕에서 나왔다. 블랙카바르였다. 블랙카바르는 모로 누운 채 헤이즐과 핍킨이 다가가도 눈치 채지 못하는 듯했다. 하지만 조금 있으니 콜록거리며 물을 토해 내고는 일어나 앉았다.

 헤이즐이 물었다.

"괜찮아?"

"네. 오늘 밤에 할 일이 많습니까? 너무 피곤해서요."

"아니, 없어. 쉬어도 좋아. 그런데 왜 스스로 모험에 뛰어들었지? 우리가 물에 빠져 죽었을지도 모르는데."

"명령을 내리신 줄 알았습니다."

"그랬군! 음, 그런 점에서라면 우리 무리는 좀 제멋대로라는 걸 알게 될 거야. 네가 뛰어들 때 누가 또 뛰어들 것 같던?"

"다들 좀 겁을 먹은 듯합니다. 이해하세요."

헤이즐은 안절부절못했다.

"이해는 하지만 무슨 일이 일어날지 모른다구. 저러고 앉아 있다가 산 상태에 빠질지도 몰라. 인간이 나타날 수도 있고. 우리가 무사히 도착했다는 걸 알려 줄 수만 있다면······."

"방법이 있을 것 같은데요. 제 생각엔 강둑을 넘어가기만 하면 될 것 같습니다. 제가 갈까요?"

헤이즐은 당황했다. 헤이즐이 알기론 블랙카바르는 에프라파에서 죽을 고생을 한 포로였으며 분명 아우슬라도 아닌 데다 방금 전까지만 해도 지칠 대로 지쳤다고 했다. 그런데도 목숨을 걸고 나서겠다니.

"같이 가자. 흘라오-루, 넌 여기서 잘 지켜보고 있어. 운이 좋으면 모두 이리로 올 거야. 그러면 네가 도와줘."

헤이즐과 블랙카바르는 빗물이 떨어지는 덤불숲을 헤치고 나아갔다. 가파른 강둑 위에 풀길이 나 있었다. 두 토끼는 강둑에 올라 길섶의 긴 풀 속에 숨어 조심스럽게 내다보았다. 풀길에는 아무도 없고 소리나 냄새도 나지 않았다. 토끼들은 풀길을 건너 상류 쪽 다리에 도착했다. 이곳 강둑은 깎아지른 듯이 가파르고 2미터쯤 아래로 강이 흘렀다. 블랙카바르가 주저 없이 강둑을 내려가자, 헤이즐이 천천히 따라 내려갔다. 다리 바로 위쪽, 그러니까 다리와 상류 쪽 가시나무 덤불 사이에 풀로 덮인 바위가 튀어나와 있었다. 거기서 1미터쯤 떨어진 곳에 뗏배가 덩굴이 우거진 다리 기둥에 기대어 있었다.

헤이즐이 큰 소리로 말했다.

"실버! 파이버! 모두 물로 뛰어들라고 해. 다리 아래쪽은 안전해. 되도록 암토끼들부터 보내. 시간이 없어. 인간들이 언제 또 올지 몰라."

그러나 멍하니 정신을 놓고 있는 암토끼들을 부추겨서 물에 뛰어들게 하기가 쉽지 않았다. 실버는 암토끼들을 하나씩 붙잡고 설득했다. 댄더라이언은 강둑에 서 있는 헤이즐을 보는 순간, 얼른 뱃머리로 가서 물로 뛰어들었다. 스피드웰이 그 뒤를 따랐고, 파이버도 뛰어내리려는데 실버가 막았다.

실버가 말했다.

"헤이즐! 수토끼들이 다 가 버리고 암토끼들만 남으면 자기들끼리 아무것도 못할 거야."

헤이즐이 대답하기도 전에 블랙카바르가 말했다.

"슬라일리 말이라면 들을 겁니다. 슬라일리 대장이 시켜야 할 것 같습니다."

빅윅은 첫 번째 다리를 지날 때 누워 있던 곳에 그대로 있었다. 잠이 든 것 같았는데 실버가 코를 비벼 대자 고개를 들고 멍한 눈으로 주위를 둘러보았다.

"아, 실버구나. 어깨 상처가 아무래도 골칫거리가 될 것 같아. 게다가 너무 추워. 헤이즐은 어디 있지?"

실버가 설명해 주었다. 빅윅이 힘들게 몸을 일으킬 때 보니 어깨에서 아직도 피가 흐르고 있었다. 빅윅은 절뚝거리며 가로대로 가서 그 위에 올라섰다.

"하이젠슬라이, 어차피 젖은 몸이니 다들 당장 물로 뛰어들라고 해요. 한 마리씩 차례로, 알겠소? 그래야 헤엄칠 때 서로 붙잡거나 할퀴지 않을 거요."

블랙카바르의 짐작과 달리 암토끼들이 모두 물로 뛰어드는 데는 한참 걸렸다. 토끼들이야 열이라는 숫자를 모르지만, 아무튼 암토끼는 모두 열 마리였는데, 빅윅이 참을성 있게 다그쳐도 한두 마리만 물에 뛰어들 뿐 서너 마리는 기진맥진한 나머지 그대로 주저앉아 있거나 멍하니 강물만 바라보다가 다른 토끼들에게 차례를 내주었다. 빅윅은 에이콘, 호크빗, 블루벨더러 암토끼 한 마리씩을 맡아 물로 뛰어들게 했다. 부상당한 암토끼 스레이욘로사는 상태가 몹시 나빠서 블랙베리와 티수딘낭이 앞뒤에서 보살피며 함께 건넜다.

어둠이 깔리면서 비가 그쳤다. 헤이즐과 블랙카바르는 다리 아래쪽 강둑으로 돌아갔다. 천둥구름이 동쪽으로 옮겨 가자 하늘이 개고 무겁게 짓누르던 공기도 걷혔다. 하지만 푸 인레가 지나서야 빅윅이 실버와 파이버의 부축을 받으며 강가로 올라왔다. 빅윅은 죽을힘을 다해 둥둥 떠내려오다가 쇠창살에 닿자, 몸을 뒤집어 죽은 물고기처럼 배를 위로 내놓았다. 그렇게 얕은 물까지 와서 실버의 도움으로 물 밖으로 나왔다. 헤이즐을 비롯한 몇몇 토끼들이 빅윅을 맞았지만, 빅윅은 예전의 그 못된 성질머리를 부리면서 윽박질렀다.

"저리들 비켜! 헤이즐, 난 이제 자야겠어. 못 자게 했다간 알아서 해!"

헤이즐은 눈을 휘둥그렇게 뜨고 쳐다보는 블랙카바르에게 말했다.

"보다시피 우린 이렇게 지내. 너도 곧 익숙해질 거야. 자, 마른자리를 찾아서 우리도 눈을 붙이자구."

덤불숲 사이의 마른자리마다 지쳐서 잠든 토끼들로 꽉 찼다. 헤이즐 일행은 한참을 찾아다닌 끝에 쓰러진 나무줄기를 발견했는데, 아랫부분에 껍질이 벗겨져 패어 있었다. 토끼들은 잔가지와 나뭇잎 속으로 파고 들어가 매끈하게 파인 홈 속에 자리를 잡았다. 그러고는 체온으로 훈훈해진 그 속에서 이내 잠이 들었다.

40 귀로

> 히커리 부인, 히커리 부인,
> 문 앞에 늑대가 와 있습니다.
> 하얀 이를 번뜩이고
> 혀를 무시무시하게 날름거립니다!
> 히커리 부인이 말했다. "아니, 이 거짓말쟁이!"
> 그러나 문 앞에는 정말로 굶주린 늑대가 와 있었다.
> ― 월터 드 라 메어, 〈히커리 부인〉

이튿날 아침 헤이즐은 일어나자마자 밤사이 스레이욘로사가 죽었다는 소식을 들었다. 티수딘낭은 몹시 괴로워했다. 스레이욘로사를 표적반 암토끼들 가운데 꽤 강단 있고 분별 있는 토끼로 꼽아 같이 탈출하자고 설득한 장본인이었기 때문이다. 티수딘낭은 스레이욘로사와 함께 다리를 지난 뒤 스레이욘로사를 부축하여 강둑으로 올라와 덤불숲에서 몸을 맞대고 자면서 다음 날이면 괜찮아지기를 바랐다. 하지만 아침에 일어나 보니 스레이욘로사가 보이지 않았다. 여기저기 찾아다니다가 하류 쪽 갈대밭에서 죽어 있는 스레이욘로사를 발견했다. 그 가엾은 암토끼는 죽을 때를 안 동물이 으레 그렇듯이 잠자리를 빠져나가 죽음을 맞은 것이다.

스레이욘로사가 죽었다는 소식에 헤이즐은 우울해졌다. 에프라파에서 운드워트와 정면으로 싸우지 않고 암토끼들을 데리고 도망쳐 나올 수 있었던 것은 그야말로 행운이었다. 작전은 훌륭했지만 폭풍우가 몰아치는 데다 에프라파 토끼들이 워낙 철두철미해서 하마터면 실패로 돌아갈 뻔했다. 빅윅과 실버가 용감무쌍한 활약을 펼쳤지만 키하르가 없었다면 도저히 성공할 수 없었을 것이다. 이제 키하르는 떠날 테고, 빅윅은 부상당했으며, 헤이즐 자신도 다리 때문에 고생하고 있었다. 암토끼들까지 돌보면서 툭 트인 땅을 여행하려면 워터십 다운을 떠나올 때만큼 빨리 수월하게 돌아가긴 힘들 것이다. 마음 같아서는 빅윅이 기운을 차리고 암토끼들이 자신감을 되찾고 들판 생활에 익숙해질 때까지 여기서 쉬고 싶었다. 하지만 여기는 도저히 지낼 만한 곳이 아니었다. 몸을 숨길 데는 많지만 습기가 너무 많았다. 게다가 몹시 번잡한 도로가 가까이에 있었다. 날이 밝자마자 조금 떨어진 곳에서 흐루두두 지나가는 소리가 들려왔다. 소음이 계속되자 암토끼들은 깜짝깜짝 놀라며 불안해했다. 거기다 엎친 데 덮친 격으로 스레이욘로사까지 죽은 것이다. 암토끼들은 소음과 진동 때문에 불안해서 풀도 못 뜯고 자꾸만 하류로 내려가 스레이욘로사의 시체를 보며, 이 낯설고 위험한 곳에 대해 저희들끼리 소곤거렸다.

헤이즐이 블랙베리에게 조언을 구하자, 블랙베리는 인간들이 곧 배를 발견할 것이라고 했다. 그러면 인간에게 들키는 것은 시간문제라고 덧붙였다. 그 말에 헤이즐은 당장 이곳을 떠나 편히 쉴 만한 곳을 찾기로 했다. 소리와 냄새로 짐작하건대 이 늪지대는 하류 쪽으로 길게 뻗어 있었다. 도로는 남쪽으로 나 있으니 토끼들이 갈 곳은 다리 건너 북쪽뿐이었다. 어쨌거나 그쪽은 워터십 다운이 있는 방향이기도 했다.

헤이즐은 빅윅을 데리고 강둑을 기어올라 풀길로 들어섰다. 곧바로 키하르가 눈에 띄었는데, 다리 근처 솔송나무 덤불에서 민달팽이를 잡아먹고 있었다. 토끼들은 말없이 다가가 근처에서 풀을 뜯었다.

잠시 뒤 키하르가 입을 열었다.

"에이즐 씨, 이제 엄마 토끼 얻었어. 다 잘됐지?"

"그래. 네가 없었으면 도저히 못했을 거야. 어젯밤에 제때 나타나 빅윅을 구했다면서?"

"덩치 큰 토끼, 못된 토끼가 덤볐어. 머리도 좋아."

"그래. 하지만 혼쭐이 났을 거야."

"그래그래, 에이즐 씨, 인간 곧 와. 이제 어떡해?"

"우린 마을로 돌아가야 해. 돌아갈 수만 있다면."

"난 다 끝났어. 큰 물 찾아가."

"다시 만날 수 있을까, 키하르?"

"언덕으로 돌아가? 너희 거기 있어?"

"응, 그래야지. 이 많은 수를 데리고 가려면 힘들겠지만. 에프라파 추적대도 피해야 할 테고."

"거기 있어. 나중에 겨울 오면 춥고 큰 물에 폭풍 불어. 새들 많이 떠나. 그럼 나 너희 있는 데 올게."

빅윅이 말했다.

"꼭 돌아올 거지, 키하르? 널 기다릴게. 어젯밤처럼 불쑥 찾아오라구."

"그래그래, 갑자기 쑥 나타나 엄마 토끼랑 아기 토끼들 깜짝 놀라. 작은 픽빅들 다 도망가."

키하르는 날개를 둥글게 구부리고 날아올랐다. 그러고는 난간을 넘어 상류 쪽으로 날아갔다. 그러더니 왼쪽으로 원을 그리며 돌아서 풀길로 돌아와 토끼들 바로 위로 스치듯 지나갔다. 키하르는 캬악캬악 울음소리를 남기고 남쪽으로 사라졌다. 헤이즐과 빅윅은 나무들 너머로 키하르가 사라지는 모습을 지켜보았다.

빅윅이 말했다.

"오, 거대한 흰 새여, 멀리 날아가라. 저 친구를 보면 나도 날 수 있을 것 같은 느낌이 들어. 큰 물이라! 나도 한번 봤으면!"

키하르가 날아간 쪽을 하염없이 바라보다가 헤이즐은 길

끝, 풀밭이 경사를 이루어 도로와 이어진 곳에서 작은 집을 발견했다. 인간 하나가 숨을 죽이고서 산울타리에 기대어 토끼들을 유심히 살피고 있었다. 헤이즐은 발을 구른 뒤 잽싸게 늪지의 덤불숲으로 튀어 들어갔다. 빅윅도 바로 뒤따라갔다.

빅윅이 말했다.

"저 인간이 무슨 생각 하고 있는지 알아? 채소밭을 걱정하는 거야."

"알아. 이 친구들이 근처에 채소밭이 있는 줄 알면 절대로 그냥 지나가지 않을걸. 당장 여길 떠나야 해."

곧 토끼들은 공원을 가로질러 북쪽으로 나아갔다. 얼마 못 가서 빅윅은 긴 여행이 무리라는 사실을 깨달았다. 상처가 깊어서 어깨 근육을 많이 쓸 수 없었다. 헤이즐도 다리를 절었다. 암토끼들은 기꺼운 마음으로 고분고분 따랐지만 훌레실 생활에 익숙지 못했다. 무척 힘든 시간이었다.

다음 날부터 며칠 동안 계속된 화창한 날씨 속에서 블랙카바르는 자신의 가치를 거듭거듭 증명해 보였다. 그리하여 헤이즐은 함께 산전수전 겪은 동료들 못지않게 차츰 블랙카바르를 믿고 의지하게 되었다. 블랙카바르가 그렇게 탁월한 능력을 갖고 있을 줄은 아무도 생각지 못했다. 빅윅이 에프라파에서 블랙카바르를 꼭 데리고 나오겠다고 결심한 이유는 순전히 운드워트에게 무자비하게 학대받는 것이 불쌍해서였다. 하지만 온갖 굴욕과 핍박을 받으면서도 무너지지 않았다는 사실만 보아도 블랙카바르가 보통 토끼가 아님을 알 수 있었다. 살아온 이력부터가 보통 토끼하고는 달랐다. 블랙카바르의 어미는 에프라파 출신이 아니었다. 운드워트 장군의 습격을 받은 너틀리 숲 마을에서 잡혀 온 포로였다. 블랙카바르의 어미는 에프라파에서 표적반 대장 토끼를 만나 짝을 지은 뒤로는 다른 토끼와 짝을 짓지 않았다. 아비인 표적반 대장 토끼는 정찰 나갔다가 죽었다. 블랙카바르는 그런 아비를 자랑스럽게 여기며 나중에 자라서 아우슬라 장교가 되겠다고 결심했다. 그러면서도 어미한테서 에프라파에 대한 반감을 물려받은 터라 에프라파에 필요 이상의 충성은 하지 않겠다고 생각하고 있었다. 블랙카바르가 오른쪽 앞발 표적반에 견습 사관으로 들어갔을 때, 맬로 대장은 블랙카바르의 용기와 인내력을 칭찬하면서도 그가 자존심 강하고 매사에 초연한 성격임을 알아차렸다. 처빌 대장이 맡은 왼쪽 엉덩이 표적반에 부지휘관이 필요하게 되었을 때, 장로회는 블랙카바르를 제치고 애빈스를 임명했다. 블랙카바르는 자신의 능력을 잘 알고 있었다. 그래서 포로 출신 어머니를 둔 탓에 장로회에서 자기를 거부했다고 확신했다. 그런 부당한 처우에 불만을 품고 있던 차에 하이젠슬라이를 만났다. 블랙카바르는 하이젠슬라이와 친구가 되자, 오른쪽 앞발 표적반의 불만 많은 암토끼들에게 조언을 해 주었다. 블랙카바르는 일단 암토끼들에게 장로회에 가서 에프라파를 떠나게 해 달라고 요청하라고 했다. 장로회의 허락을 받으면 암토끼들이 블랙카바르와 함께 가게 해 달라고 부탁하기로 했다. 하지만 그 요구가 거절당하자 블랙카바르는 탈출을 계획했다. 처음에는 암토끼들을 데리고 탈출하려고 했다. 하지만 빅웍이 그랬듯이 탈출의 위험성과 불확실성 때문에 신경이 극도로 곤두선 나머지 결국 포기하고 혼자 탈출하려다가 캠피언에게 잡히고 말았다. 블랙카바르는 장로회의 처벌을 받는 동안 활달한 기질이 꺾였고, 빅웍이 충격받을 만큼 비참한 몰골을 한 불쌍한 토끼가 되어 버렸다. 하지만 흐라카 도랑에서 빅웍의 귓속말을 듣는 순간 블랙카바르의 기백이 되살아났다. 다른 토끼들 같으면 쉽지 않았겠지만, 블랙카바르는 모든 것을 걸고 다시 한 번 시도했다. 그리고 이제 자유의 몸이 되어 이 태평스런 토끼들과 함께 지내게 되자, 에프라파에서 훈련받은 기술을 살려 이들에게 보탬이 되어야겠다고 마음먹었다. 블랙카바르는 시키는 대로 충실히 따르면서도 위험을 살피는 일이나 정찰에 관해서는 서슴지 않고 의견을 말했다. 좋은 의견이라면 누구 말이든 기꺼이 받아들이는 헤이즐은 블랙카바르의 말에도 귀를 기울였다. 그리고 그 따뜻한 마음과 꾸밈없는 열정 때문에 무리하지 않도록 충고하는 일은 블랙카바르가 존경하고 있는 빅웍한테 맡겼다.

 2, 3일간 숨을 곳을 찾아 몇 번이고 멈추면서 조심스럽게 천천히 여행한 끝에, 어느 날 오후 느지막이 시저스 벨트가 보이는 곳에 이르렀다. 지난번보다 서쪽이었는데 근처 두두룩한

둔덕에 작은 잡목숲이 있었다. 토끼들은 지쳐 있었다. 하이젠슬라이가 빅윅에게 "약속한 대로 저녁마다 실플레이를 하네요." 했듯이 그날 저녁에도 풀을 뜯었다. 그러고 나자 블루벨과 스피드웰이 나무 밑 마른땅에다 임시 굴을 파서 하루 이틀 머무는 게 좋겠다고 했다. 헤이즐은 선뜻 그러자고 했지만 파이버는 꺼림칙해했다.

"헤이즐-라, 쉬어야 한다는 건 알지만 왠지 내키지 않아. 왜 그런지 생각해 봐야겠어."

"난 아무래도 괜찮아. 하지만 이번에는 네가 뭐라고 해도 다들 꿈쩍 안 할 거야. 암토끼들 가운데 한둘은 키하르 말마따나 엄마 될 준비가 됐어. 그래서 블루벨이랑 여러 친구들이 굳이 굴을 파겠다고 나오는 거야. 그 정도는 괜찮지 않을까? '땅속에 있는 토끼는 안전하다.'는 말도 있잖아."

"네 말이 맞을지도 몰라. 빌더릴 말야, 정말 아름다워. 난 빌더릴하고 좀 더 친해지고 싶어. 하긴, 날이면 날마다 여행만 하는 건 자연스러운 일이 아니지."

하지만 잠시 뒤 블랙카바르가 댄더라이언과 함께 정찰하고 돌아오더니 강력히 반대했다.

"헤이즐-라, 여기 있으면 안 돼요. 대정찰대라면 이런 곳에서는 절대로 야영을 하지 않아요. 여긴 여우가 사는 지역입니다. 어둡기 전에 다른 곳으로 가야 돼요."

빅윅은 오후 내내 어깨 통증에 시달리느라 기분이 가라앉고

찌무룩했다. 그래서인지 블랙카바르가 똑똑한 척하느라고 남을 괴롭히는 것처럼 느껴졌다. 블랙카바르 말대로라면 아무리 피곤해도 에프라파 기준에 맞는 안전한 곳을 찾아가야 한다. 그래 봤자 이 잡목숲보다 더 위험하지도 덜 위험하지도 않고 비슷비슷할 것이다. 그리고 블랙카바르는 애당초 있지도 않은 여우한테서 모두를 구한 영리한 토끼가 될 것이다. 빅윅은 블랙카바르의 에프라파식 정찰 기술이 지긋지긋했다. 그런 허세는 더 이상 못 부리게 해야 한다.

빅윅은 날카롭게 말했다.

"어차피 구릉에는 여우가 있게 마련이야. 그런데 왜 하필 이곳은 안 된다는 거지?"

블랙카바르도 빅윅 못지않게 임기응변을 중요하게 여겼지만 바보 같은 대답을 하고 말았다.

"정확히 왜냐고는 말씀드리기 힘듭니다. 여우가 산다는 느낌이 확 와 닿긴 했지만, 딱히 왜 그런지는 설명하기 어려운데요."

빅윅이 비아냥거렸다.

"옳아, 느낌이라! 흐라카를 봤나? 냄새가 났어? 아니면 독버섯 아래 앉아 노래하던 초록색 쥐가 알려 주던가?"

블랙카바르는 가슴이 아팠다. 빅윅하고만은 말다툼을 벌이고 싶지 않았다.

블랙카바르의 대답에 에프라파 말투가 심하게 섞였다.

"제가 바보라고 생각하시는군요. 그래요, 냄새도 흔적도 없었수다. 하지만 분명히 이곳은 여우가 다니는 길이라고 생각합니다. 정찰을 다닐 때면 우린……."

빅윅이 댄더라이언에게 물었다.

"넌 뭔가 보거나 냄새를 맡았어?"

"어…… 글쎄, 잘 모르겠어. 정찰은 블랙카바르가 전문이잖아. 내 생각은 어떠냐고 묻길래……."

빅윅이 말을 잘랐다.

"밤새 이러고 있을 순 없어. 블랙카바르, 우린 이번 초여름에 너만큼 정찰 경험 없이도 들판이든 히스 덤불숲이든, 숲이든 구릉이든 온갖 곳을 며칠씩 다녔지만 아무도 죽지 않았어."

블랙카바르는 사과하듯이 말했다.

"전 굴 파는 것에 반대할 뿐입니다. 얕은 굴은 눈에 잘 띄고, 땅 파는 소리가 멀리까지 들리잖습니까."

빅윅이 대꾸하기도 전에 헤이즐이 입을 열었다.

"그만해. 이 친구를 괴롭히려고 에프라파에서 데려온 건 아니잖아. 이봐, 블랙카바르, 이 문제는 내가 결정하는 게 좋겠어. 네 말대로 여기는 위험할지도 몰라. 하지만 어차피 마을에 도착하기 전까지는 늘 위험할 거야. 지금은 다들 너무 지쳤으니까 하루 이틀쯤 쉬어 가는 게 좋겠어. 그러고 나면 훨씬 기운을 차리게 될 테니까."

해가 떨어지자마자 곧 얕은 굴들이 충분히 마련되었고, 하룻밤을 땅속에서 지내고 나자 모두 한결 기운을 차렸다. 헤이즐이 예상한 대로 짝짓기가 이루어졌고, 한두 번인가 싸움이 있긴 했지만 누가 다칠 정도는 아니었다. 저녁 무렵이 되자 휴일같이 여유로운 분위기가 감돌았다. 헤이즐도 다리가 튼튼해졌고, 빅윅은 에프라파에서 떠나온 이후 그 어느 때보다 원기왕성했다. 이틀 전만 해도 여위고 초췌하던 암토끼들도 털에서 윤기가 흐르기 시작했다.

이튿날 아침에는 동이 트고 한참 지나서야 실플레이가 시작되었다. 가벼운 바람이 토끼굴이 있는 잡목숲 북쪽 둔덕으로 불어 오자, 블루벨은 바람에서 토끼 냄새가 난다고 했다.

"홀리가 우리를 위해 턱 쥐샘을 누르고 있는 거야, 헤이즐―라. 아침 바람에 묻어온 토끼의 재채기가 고향을 그리는 마음에 불을 지르는구나."

헤이즐이 맞장구쳤다.

"다들 치커리 밭에 앉아 통통한 암토끼를 목이 빠져라 기다리고 있겠군."

"그럼 안 되지. 암토끼라면 거기도 둘이나 있잖아."

"다 상자 암토끼잖아. 지금쯤 동작도 빨라지고 강해졌겠지만, 아무리 그래도 우리처럼 되지는 못해. 클로버만 해도 실플레이할 때 굴에서 멀리 가지 않으려고 하잖아. 우리처럼 빨리 뛰지 못하니까. 이 에프라파 암토끼들도 평생 보초들에 둘러싸여 살았어. 그래도 지금은 감시가 없어지니까 즐겁게 여기저기 돌아다니고 있다구. 저기 둔덕 아래 있는 두 암토끼만 봐도 그래. 자신이 있으니까…… 오, 프리스 님!"

그때 개처럼 생긴 황갈색 동물이 구름 사이로 햇빛이 나오듯이 소리 없이 위쪽 호두나무 수풀에서 불쑥 튀어나왔다. 그러고는 두 암토끼 사이에 내려서더니 그중 하나의 목을 덥석 물고 눈 깜짝할 사이에 둔덕으로 올라갔다. 바람의 방향이 바뀌자 지독한 여우 냄새가 풀밭에 확 퍼졌다. 비탈에 있던 토끼들은 일제히 발을 구르고 꼬리를 흔들며 잽싸게 숨었다.

헤이즐과 블루벨이 뛰어든 수풀에 블랙카바르가 웅크리고 있었다. 이 에프라파 토끼는 덤덤하고 초연한 표정이었다.

"가엾은 친구. 표적반 생활을 하면서 본능이 무뎌진 탓이지요. 바람 부는 쪽 덤불숲 아래 앉아 풀을 뜯다니! 헤이즐-라, 신경 쓰지 마세요, 이런 일도 있는 법이지요. 제가 한 말씀 드릴게요. 다행히 홈바가 두 놈이 아니라면 니-프리스까진 도망칠 시간이 있어요. 저 홈바는 한동안 사냥을 하지 않을 테니까요. 빨리 이곳을 벗어나야 합니다."

헤이즐은 그러겠다고 하고는 토끼들을 모았다. 토끼 일행은 흩어져서 움직이긴 했지만 익어 가는 밀밭 가장자리를 따라 빠르게 북동쪽으로 나아갔다. 아무도 죽은 암토끼 이야기는 꺼내지 않았다. 1킬로미터도 넘게 가서야 헤이즐과 빅윅은 발길을 멈추고 뒤처진 토끼가 없는지 확인했다.

블랙카바르와 하이젠슬라이가 다가오자 빅윅이 말했다.

"블랙카바르, 네 경고를 무시하는 바람에 이렇게 됐다."

"경고라뇨? 무슨 말인지 통 모르겠습니다."

"여우가 있을 거라고 했잖아."

"기억이 안 나는데요. 그런 일이 있을 줄 누가 알았겠습니까? 어쨌거나 암토끼 한둘 없어진 게 뭐 그리 대수입니까?"

빅윅은 깜짝 놀라 블랙카바르를 바라보았다. 블랙카바르는 자기가 경고하지 않았느냐고 따지기는커녕 빅윅이 더 이상 대꾸하지 못하는 것에도 전혀 신경 쓰지 않고 풀을 뜯기 시작했다. 빅윅은 어리둥절한 채 조금 떨어진 곳으로 가서 헤이즐과 하이젠슬라이와 함께 풀을 뜯었다.

잠시 뒤 빅윅이 물었다.

"저 친구 왜 저러는 거야? 이틀 전에 우리한테 여우가 나타날 가능성이 높다고 경고했잖아. 내가 못되게 굴었지."

하이젠슬라이가 말했다.

"에프라파에서는 의견을 냈다가 거절당하면 다른 토끼는 물론이고 의견을 낸 토끼도 그 사실을 금방 잊어버려요. 블랙카바르는 헤이즐이 내린 결정만 기억할 거예요. 그 결정이 옳든 틀리든 상관하지 않아요. 자신은 충고를 한 적이 없으니까요."

"그럴 만도 하군. 에프라파! 개가 이끄는 개미 떼! 하지만 여긴 에프라파가 아니잖소. 저 친구는 정말 우리한테 경고한 일을 잊어버렸을까요?"

"아마 그럴 거예요. 하지만 정말이든 아니든 블랙카바르는 자기가 당신에게 경고했다는 사실을 인정하지도 않을 거고, 당신한테서 자기가 옳았다는 사과도 들으려 하지 않을 거예요. 굴속에다 흐라카를 누는 한이 있더라도 말이에요."

"당신도 에프라파 출신이잖소. 당신도 그렇게 생각해요?"

"난 암토끼예요."

*

오후로 접어든 지 얼마 안 돼 시저스 벨트가 눈에 들어왔다. 댄더라이언이 인레의 검은 토끼 이야기를 들려준 장소를 빅윅이 가장 먼저 알아보았다.

빅윅이 헤이즐에게 말했다.

"그때 그 여우였어. 틀림없어. 여우가 나타날 수 있다는 걸 충분히 생각했어야 했는데……."

헤이즐이 말했다.

"이봐, 우린 너한테 큰 빚을 졌어. 너도 잘 알잖아. 암토끼들은 엘-어라이라가 널 보내서 자기들을 에프라파에서 구해 냈다고 믿어. 너 아니었으면 아무도 못했을 거라고 생각한다구. 오늘 아침 일은 우리 둘 다 책임이 있어. 하지만 한 친구도 잃지 않고 무사히 마을로 돌아가리라고는 생각도 안 했어. 사실 둘을 잃긴 했지만, 그만하면 생각보다 적은 거야. 조금만 힘을 내면 오늘 밤 안으로 벌집에 갈 수 있어. 빅윅, 홈바 일은 잊어버리자구. 이제 와서 돌이킬 수도 없잖아. 그리고…… 아니, 저게 누구야?"

눈앞에는 노간주나무와 찔레나무 덤불숲이 있고, 덤불숲 바닥에는 열매가 붉게 익어 가는 브리오니아 덩굴과 쐐기풀이 뒤엉켜 자라고 있었다. 덤불을 헤치고 나갈 길을 찾느라 멈춰 서 있는데, 긴 풀숲에서 덩치 큰 토끼 넷이 나타나 헤이즐 일행을 굽어보았다. 조금 뒤에서 올라오던 암토끼가 발을 구르고는 홱 돌아서서 달아나려고 했다. 블랙카바르가 잽싸게 붙잡는 소리가 들렸다.

한 토끼가 말했다.

"이봐, 슬라일리, 대답 좀 해 보지 그래? 내가 누군가?"

잠시 침묵이 흘렀다. 이윽고 헤이즐이 입을 열었다.

"표적이 있는 걸 보니 에프라파 토끼들이군. 저 녀석이 운드워트야?"

블랙카바르가 바로 옆에서 대답했다.

"아니오, 캠피언 대장입니다."

"아하, 캠피언, 네 이야기는 들었다. 우리를 해칠 작정인지 어쩐지는 모르지만, 우릴 건드리지 않는 게 좋을 거다. 우린 이제 에프라파와 아무 상관 없어."

캠피언 대장이 말했다.

"너희는 그렇게 생각할지 몰라도 간단히 끝날 문제가 아니란 걸 알게 될 거다. 저 뒤에 있는 암토끼들은 우리가 데려가야겠어. 너희도 모두."

그사이 에이콘과 실버가 비탈을 올라왔고, 티수딘낭이 그 뒤를 따라왔다. 실버는 에프라파 토끼들을 보자마자 재빨리 티수딘낭에게 뭐라고 소곤거렸다. 그러자 티수딘낭은 살그머니 우엉 틈새로 내려갔다.

실버가 헤이즐한테 다가와서 조용히 말했다.

"헤이즐, 하얀 새를 부르러 보냈어."

그 속임수는 효과가 있었다. 캠피언은 불안하게 하늘을 살폈고, 또 다른 정찰대 토끼는 숨어 있던 덤불 쪽을 힐끔 바라보았다.

헤이즐이 캠피언에게 말했다.

"바보 같은 소리군. 우린 수가 많아. 다른 녀석들이 숨어 있지 않는 이상 수적으로는 우리하고 상대가 안 될걸."

캠피언은 주춤했다. 사실 평생 처음으로 경솔한 행동을 한 것이다. 아까만 해도 헤이즐과 빅윅 단둘에다 그 뒤로 블랙카바르와 암토끼 하나만 따라오고 있었다. 캠피언은 장로회 앞에 내세울 만한 성과를 올리고 싶은 마음에 성급하게 그들이 일행의 전부라고 단정 지었다. 에프라파 토끼들은 굴 밖에 나오면 항상 모여 다니기 때문에 한참 뒤에서 다른 토끼들이 슬렁슬렁 따라오리라고는 생각도 못했던 것이다. 그래서 증오해 마지않는 슬라일리와 블랙카바르, 그리고 그들과 한패인 절름발이 토끼를 처치해 버리고 암토끼를 에프라파로 데리고 돌아갈 절호의 기회라고 여겼다. 그 정도 일이라면 식은 죽 먹기였다. 또 상대가 싸우지도 않고 순순히 항복할지도 모르는 일이었다. 그렇다면 숨어서 기회를 노리느니 정면 대결이 낫겠다고 결론을 내렸다. 하지만 토끼들이 하나 둘씩 늘어나자 캠피언은 실수했다는 것을 깨달았다.

캠피언이 말했다.

"우리 편도 만만치 않을걸. 암토끼들을 여기 놔둬. 너희는 가도 좋다. 안 그러면 다 죽을 줄 알아."

헤이즐이 말했다.

"좋아. 숨어 있는 정찰대원들을 다 나오라고 하면 네 말대로 하지."

이제 꽤 많은 토끼들이 비탈을 올라왔다. 캠피언과 부하 토끼들은 묵묵히 서서 바라보기만 했다.

이윽고 헤이즐이 말했다.

"그 자리에 가만히 있는 게 좋을걸. 우리를 막으려 들었다간 무사하지 못할 거야. 실버랑 블랙베리는 암토끼들을 데리고 먼저 가. 우리도 곧 뒤따라갈 테니."

블랙카바르가 귓속말을 했다.

"헤이즐-라, 한 놈도 남김없이 처치해야 합니다. 돌아가서 장군에게 보고하면 안 됩니다."

헤이즐도 그 생각을 하고 있었다. 하지만 정찰대를 처치한다는 것은 처절한 싸움 끝에 에프라파 토끼 네 마리를 갈가리 찢어 버린다는 얘기인데, 도저히 그럴 마음이 내키지 않았다.

빅윅이 그랬듯이 헤이즐도 왠지 캠피언에게 호감이 갔다. 게다가 싸움이 일어나면 헤이즐 쪽에도 피해가 있을 것이다. 몇몇은 목숨을 잃거나 부상당할 것이 틀림없었다. 또 오늘 밤 안으로 벌집에 도착하기 힘들뿐더러 가는 길에 핏자국을 남기게 된다. 싸우기 싫은 것도 있지만, 그런 점 때문에 치명적인 사고가 일어날지도 몰랐다.

헤이즐은 단호히 말했다.

"아니, 그냥 둘 거야."

블랙카바르는 입을 다물었다. 헤이즐 일행은 암토끼들이 수풀 사이로 사라지는 동안 캠피언을 지켜보았다.

헤이즐이 말했다.

"자, 정찰대를 데리고 우리가 왔던 길로 되돌아가. 아무 말 말고 어서 가."

캠피언과 정찰대는 언덕을 내려갔다. 헤이즐은 그들이 순순히 돌아가자 마음을 놓고 다른 토끼들과 함께 실버와 암토끼들이 간 쪽으로 걸음을 재촉했다.

일단 시저스 벨트를 지나자 나아가는 속도가 훨씬 빨라졌다. 하루하고도 반나절을 쉬고 난 덕분에 암토끼들은 기운을 차렸다. 오늘 밤 안으로 긴 여행이 끝난다는 기대와, 여우와 정찰대를 피했다는 사실에 힘이 나서 더욱 열성적으로 따라왔다. 속도가 조금 느려지는 이유는 단 하나 블랙카바르 때문이었다. 블랙카바르는 불안한 듯 자꾸만 뒤쪽에서 맴돌았다. 마침내 늦은 오후쯤 되자 헤이즐은 블랙카바르한테 길을 앞질러 가서 해 뜨는 쪽에 너도밤나무 숲이 있는지 찾아보고 오라고 했다. 잠시 뒤 블랙카바르가 달려와서 보고했다.

"헤이즐-라, 그 숲에 가까이 가 봤더니 숲 바로 밖에 있는 짧은 풀밭에서 토끼 둘이 놀고 있었습니다."

"내가 가서 보지. 댄더라이언, 같이 가자."

헤이즐은 언덕 오솔길 오른쪽으로 달려 내려가다가 하마터면 너도밤나무 숲을 그냥 지나칠 뻔했다. 노란 나뭇잎 한두 개와 청동빛이 살짝 감도는 초록빛 나뭇가지가 눈에 들어왔다. 다음 순간 벅손과 스트로베리가 풀밭을 달려오는 모습이 보였다.

벅손이 소리쳤다.

"헤이즐-라! 댄더라이언! 어떻게 된 거야? 다른 녀석들은? 암토끼는 데려왔어? 다들 괜찮아?"

"곧 올 거야. 암토끼도 많이 데려왔고 다들 무사해. 여기는 블랙카바르. 에프라파 친구야."

스트로베리가 말했다.

"어서 와. 아, 헤이즐-라, 너희가 떠난 뒤로 저녁마다 숲가에 나와서 기다렸어. 홀리랑 박스우드도 잘 지내고 있어. 지금 마을에 있어. 놀라지 마! 클로버가 아기를 가졌어. 굉장하지?"

헤이즐이 말했다.

"잘됐다, 첫아기로구나. 맙소사, 정말이지 별일을 다 겪었어. 얼마나 대단했는지 다 얘기해 줄게. 아, 조금만 기다려. 어서 나머지 토끼들을 데리러 가자구."

해 질 무렵까지 토끼 스무 마리 모두 너도밤나무 숲을 올라와 마을에 도착했다. 언덕 아래 들판에는 벌써 땅거미가 내렸고, 토끼들은 긴 그림자들 사이에서 저녁 이슬에 젖은 풀을 뜯었다. 그러고 나서 벌집에 모여 앉자, 오랫동안 애타게 기다려 온 친구들에게 헤이즐과 빅윅이 모험담을 들려주었다.

한편 에프라파 대정찰대는 뛰어난 기술과 규율을 발휘해 시저스 벨트부터 줄곧 헤이즐 일행의 뒤를 밟았다. 그러고는 모두 굴속에 들어가는 것을 확인하고 나서 동쪽으로 반원을 그리며 빙 둘러 갔다가 에프라파로 출발했다. 캠피언은 탁 트인 곳에서도 밤을 지낼 장소를 찾는 데 명수였다. 그는 밤 동안 쉬었다가 새벽이 되면 5킬로미터를 전진해서 다음 날 저녁까지는 에프라파에 도착하기로 계획을 세웠다.

41 로스비 우프와 페어리 와그도그 이야기

> 저 악한 배신자들을 사정없이 벌하소서. 해만 지면 돌아와서
> 개처럼 짖어 대며 성 안을 여기저기 쏘다닙니다.
> 그러나 야훼여, 당신은 그들에게 코웃음 치고 뭇 백성을 비웃으십니다.
>
> 시편 59장

무더운 계절이 찾아왔다. 하루에 몇 시간씩 움직이는 것이라곤 햇빛밖에 없는 것 같은 뜨겁고 고요한 여름날이 계속되었다. 나른히 졸고 있는 언덕 위로 하늘, 해, 구름, 바람이 깨어났다. 너도밤나무 잎은 빛깔이 점점 짙어지고, 토끼들이 풀을 뜯은 자리에 새 풀이 자라났다. 토끼 마을은 번성하고 있었고, 헤이즐은 둔덕에 앉아 자기들이 얻은 축복을 헤아려 보기도 했다. 땅 위에서나 땅속에서나 토끼들은 규칙적으로 먹고 자

고 굴을 파는 조용하고 평화로운 일상에 자연스럽게 젖어 들었다. 굴길과 굴이 몇 개 더 만들어졌다. 암토끼들은 난생 처음으로 굴파기를 해 보면서 무척 즐거워했다. 하이젠슬라이와 티수딘낭은 헤이즐에게, 에프라파에서 굴파기만 할 수 있었어도 그렇게 불행하고 절망스럽진 않았을 거라고 말하기도 했다. 클로버와 헤이스택도 굴파기를 잘했으며, 자기들이 판 굴에서 마을의 첫아기 토끼들을 낳을 거라고 자랑했다. 블랙카바르와 홀리는 둘도 없는 친구가 되었다. 두 토끼는 정찰과 추적에 대해 수없이 의견을 나누고, 딱히 필요하진 않지만 재미 삼아 정찰대를 만들기도 했다. 어느 날 새벽엔 실버를 꼬드겨서 1.5킬로미터는 족히 떨어진 킹스클레어의 변두리에 갔다가 돌아와 장난으로 채소밭 서리를 한 이야기를 들려주기도 했다. 블랙카바르는 귀를 찢기는 벌을 받은 탓에 귀가 잘 안 들렸다. 하지만 홀리는 블랙카바르가 귀신같이 이상한 낌새를 알아차리고 거기서부터 결론을 이끌어 낼 줄 알며 자유자재로 모습을 감출 줄도 안다는 사실을 알게 되었다.

 수토끼 열여섯 마리와 암토끼 열 마리는 행복한 마을을 꾸려 갔다. 간혹 말다툼이 있기도 했지만 심각하지는 않았다. 블루벨 말마따나 불만이 있는 토끼는 언제고 에프라파로 돌아가면 그만이었다. 더구나 함께 했던 그 모든 고생을 떠올려 보면 큰 싸움이 날 만큼 대단한 일은 아무것도 없었다. 암토끼들이 느끼는 평온함이 모두에게 퍼져 나갔고, 그리하여 어느 날 저녁에 헤이즐은 족장 토끼 노릇을 하는 자신이 아무래도 사기꾼 같다고까지 했다. 마을에는 아무 문제도 없고 해결해야 할 다툼도 없다면서.

홀리가 물었다.

"겨울 준비 생각해 봤어?"

해 지기 한 시간 전쯤, 수토끼 네댓 마리가 클로버, 하이젠슬라이, 빌더릴과 함께 숲 서쪽에서 햇빛을 받으며 풀을 뜯고 있었다. 날씨는 아직도 덥고 언덕은 너무도 조용해서 800미터쯤 떨어진 캐논 히스 농장에서 말이 풀 뜯는 소리가 들릴 정도였다. 아직 겨울을 걱정할 때는 아니었다.

헤이즐이 말했다.

"올겨울은 다른 때보다 훨씬 더 추울 거야. 하지만 흙이 부슬부슬하고 나무뿌리가 깊이 뻗어 있기 때문에 겨울이 오기 전에 굴을 깊이 팔 수 있을 거야. 서리를 피하려면 더 깊이 들어가야 할 것 같아. 바람은 말이지, 굴 입구 몇 개만 막아 버리면 따뜻하게 잘 수 있어. 겨울에는 풀이 적긴 하지만 누군가 기분 전환 삼아 홀리를 따라 나가 행운을 걸고 채소나 당근을 훔쳐 올 수도 있잖아. 엘릴을 조심해야 될 때이긴 하지만. 굴속에서 밥-스톤스 놀이를 하거나 이따금 옛날얘기를 듣는 것도 참 즐거울 것 같아."

블루벨이 말했다.

"지금 듣는 건 어때? 야, 댄더라이언, '배를 놓칠 뻔한 이야기' 말야. 그거 해 봐."

"아, '운드워트 물먹인 이야기'? 그건 빅윅이 해야지. 내가 주제넘게 나설 수야 없지. 이런 저녁에는 겨울을 생각해 보는 것도 괜찮겠다. 이 이야기는 나도 듣기만 하고 한 번도 하지 않았어. 그러니 아는 친구도 있고 모르는 친구도 있을 거야. 로스비 우프와 페어리 와그도그 이야기야."

파이버가 말했다.

"어서 해 봐. 마음껏 부풀려서 재미있게."

댄더라이언이 이야기를 시작했다.

"덩치가 큰 토끼도 있고 작은 토끼도 있었지. 또 엘-어라이라도 있었고. 엘-어라이라의 멋진 새 수염에 얼음이 끼었어. 마을 굴길은 위쪽이고 아래쪽이고 할 것 없이 꽁꽁 얼어붙어 발을 다칠 정도였고, 잎이 모두 떨어진 고요한 숲에서는 울새들이 서로 '이건 내 땅이야. 너는 너네 땅에 가서 굶든지 말든지 해.'라며 아옹다옹했지.

어느 날 저녁, 프리스 님이 푸른 하늘에서 거대하고 붉은 모습으로 가라앉을 때였어. 엘-어라이라와 랍스커틀은 땅속에서 긴긴 밤을 보내기 전에 얼어붙은 풀밭을 절룩절룩 돌아다니며 덜덜 떨면서 풀을 뜯어 먹었지. 풀은 건초처럼 쉽게 부스러지고 맛도 없었어. 엘-어라이라와 랍스커틀은 배가 고팠지만, 그 형편없는 먹이를 너무 오랫동안 먹어 와서 넌더리가 났어. 랍스커틀이 참다 못해 위험하더라도 들판을 건너가 마을

언저리에 있는 큰 채소밭을 습격하자고 했어.

그 채소밭은 마을에서 가장 컸어. 거기서 일하는 농부는 밭 끄트머리에 있는 집에서 살면서 엄청나게 많은 채소를 거두어 흐루두두에 싣고 어디론가 사라지곤 했지. 농부는 토끼들이 들어올 수 없게 밭 주위에 철망을 쳐 두었어. 물론 엘-어라이라는 마음만 먹으면 밭에 들어갈 수 있었어. 그래도 위험하긴 했어. 농부는 총으로 곧잘 비둘기나 어치를 잡아서 걸어 두곤 했거든.

엘-어라이라는 생각에 잠겨 말했어.

'총만 위험한 게 아니야. 그 빌어먹을 로스비 우프도 조심해야 해.'

로스비 우프는 농부의 개였어. 인간의 손을 핥아 본 짐승 가운데 가장 불쾌하고 심술궂고 구역질 나는 놈이었지. 덩치가 크고 북슬북슬한 털이 눈까지 뒤덮고 있었는데, 농부의 명령에 따라 채소밭을 지켰지. 특히 밤에 말야. 물론 로스비 우프는 채소를 먹지 않았어. 그러니 굶주린 동물들이 이따금씩 양상추나 당근을 먹으러 오면 잠자코 눈감아 줘도 되겠건만, 그런 일은 절대로 없었어. 놈은 보통 저녁부터 다음 날 새벽까지 채소밭 언저리를 어슬렁거리며 돌아다녔지. 남자 어른이나 사내아이들이 밭에 못 들어오게 하는 것도 모자라 쥐, 굴토끼, 산토끼, 생쥐, 두더지 할 것 없이 눈에 띄는 동물은 무조건 죽이려고 덤볐지. 그놈은 침입자의 냄새나 기척을 느끼는 순간 컹컹 짖어 대며 난리 법석을 떠는데, 이렇게 바보같이 떠드는 소리에 토끼들은 잽싸게 달아나곤 했어. 주인이 로스비 우프를 훌륭한 쥐잡이로 여기고 툭하면 쥐 잡는 기술이 얼마나 뛰어난지, 얼마나 훌륭한 개인지 자랑하고 다니는 바람에 로스비 우프는 눈꼴실 정도로 자만심에 넘쳤어. 자기가 세계 최고의 쥐잡이인 줄 착각했지. 그놈은 날고기를 많이 먹었는데, 배가 고파야 열심히 돌아다니기 때문에 저녁때는 많이 먹지 못했지. 놈이 다가오면 고기 냄새로 금방 알 수 있었어. 그렇다 해도 놈이 있는 한 채소밭은 위험한 곳이었지.

랍스커틀이 말했어.

'한 번만 로스비 우프와 부딪쳐 봅시다. 엘-어라이라 님과 저라면 녀석을 따돌릴 수 있을 겁니다.'

엘-어라이라와 랍스커틀은 들판을 지나 채소밭 근처로 다가갔어. 채소밭에 도착해 보니 농부가 불붙은 하얀 막대기를 문 채 서리 맞은 양배추를 한 고랑 한 고랑 베어 내고 있었어. 로스비 우프는 그 옆에서 꼬리를 흔들며 우스꽝스럽게 껑충껑충 뛰어다녔지. 얼마 뒤 농부는 수레 같은 것에다 양배추를 가득 싣고서 집 쪽으로 밀고 갔어. 그 뒤로 몇 번 왔다 갔다 하면서 양배추를 전부 집 앞에 옮기고는 양배추를 다시 집 안에 들여놓았어.

랍스커틀이 물었어.

'뭐 하는 거죠?'

'오늘 밤 사이 얼음이 녹으면 내일 흐루두두에 싣고 갈 모양이다.'

'얼음이 빠지면 훨씬 맛있겠다, 그렇죠? 집 안에 있는 양배추를 훔칠 수 있으면 좋을 텐데. 뭐, 그런 건 접어 두죠. 이제 우리가 나설 때예요. 농부가 바쁜 틈을 타서 우리는 이쪽 구석에서 시작해 볼까요.'

하지만 토끼들은 양배추 밭에 들어서기가 무섭게 로스비 우프가 냄새를 맡고 미친 듯이 짖어 대며 달려오는 바람에 간신히 도망쳤지.

로스비 우프가 소리쳤어.

'더러운 좀팽이들이 가, 감히! 가, 감히 여기가 어, 어디라고 기어 들어와? 어, 어서 꺼져 버려! 꺼져! 꺼지라고!'

엘-어라이라는 고생만 실컷 하고 빈손으로 허둥지둥 돌아오며 투덜거렸어.

'괘씸한 짐승 같으니! 생각할수록 화가 나는군! 어떻게 해야 할지는 아직 모르겠지만, 프리스 님과 인레에 맹세하건대, 얼음이 다 녹기 전에 저 집에 있는 양배추를 몽땅 먹어 치워서 저놈 코를 납작하게 해 주고 말리라!'

랍스커틀이 말렸어.

'주인님, 그런 말씀 마십시오. 지금까지 숱한 어려움도 이겨 냈는데 그깟 양배추 한 통에 귀한 목숨을 내던져서야 되겠습니까?'

'흠, 일단 기회를 보는 거야. 기회만 생기면 당장……'

이튿날 오후 랍스커틀은 길가 둔덕 꼭대기에서 코를 킁킁거리며 돌아다니다가 흐루두두를 보았어. 흐루두두 뒤에는 문이 달려 있었는데, 어쩐 일인지 그 문이 열린 채 흔들리고 있었어. 그 안에는 농부가 때때로 밭에다 놔두는 자루 같은 것들이 들어 있었지. 그런데 흐루두두가 앞을 지나갈 때 자루 하나가 툭 떨어지지 않겠어? 흐루두두가 가고 나자 랍스커틀은 먹을 것이 들어 있을까 해서 길가로 내려가 냄새를 맡아 보았어. 하지만 실망스럽게도 자루 속에는 고기 같은 것밖에 없었어. 나중에 랍스커틀은 엘-어라이라에게 그 이야기를 들려주었지.

'고기라고? 아직 거기 있을까?'

'제가 어찌 알겠습니까? 고기는 기분 나빠요.'

'날 따라와, 어서.'

길에 가 보니 고기는 그대로 있었어. 엘-어라이라는 랍스커틀과 함께 자루를 끌고 도랑 가로 가서 파묻었어.

랍스커틀이 물었어.

'어디에 쓰려고 그러시죠?'

'아직 모르겠다. 하지만 쥐 새끼들이 파먹지만 않으면 요긴하게 쓰일 데가 있을 거다. 이제 굴로 가자. 날이 어두워지고 있어.'

두 토끼는 굴로 돌아가려다가 도랑에서 시커멓고 낡은 흐루두두 바퀴 껍데기를 발견했어. 너희도 봤으면 알겠지만 꼭 엄청 큰 버섯처럼 생겼어. 매끄럽고 질기면서도 우리 발바닥처럼 폭신하고 잘 구부러져. 냄새가 고약하고, 먹을 수도 없어.
　그걸 보자마자 엘-어라이라가 말했어.
　'이것 좀 뜯어 가야겠다. 쓸 데가 있어.'
　랍스커틀은 엘-어라이라가 미치지 않았나 싶기도 했지만 시키는 대로 따랐어. 바퀴 껍데기는 많이 삭아 있어서 얼마 뒤엔 토끼 머리통만 한 조각을 떼어 낼 수 있었지. 고약한 맛이 났지만 엘-어라이라는 조심스럽게 마을로 가져갔어. 그러고는 그날 밤 늦도록 그 껍데기를 조금씩 뜯어냈지. 이튿날 아침 실플레이를 하고 나서도 그 일을 계속했어. 니-프리스가 되자 엘-어라이라는 랍스커틀을 깨워서 밖으로 나오게 한 뒤 그 바퀴 껍데기를 내놓았어.
　'뭐 같아 보이냐? 냄새는 신경 쓰지 말고 무엇처럼 보이는지만 말해 봐.'
　랍스커틀은 이렇게 말했어.
　'까만 개 코 같습니다. 축축하지는 않지만요.'
　'좋았어!'
　엘-어라이라는 이렇게 말하고는 굴로 내려가 잠을 잤어.
　그날 밤도 맑지만 추운 날씨였어. 반달이 떴는데, 다들 굴속에서 추위를 피하고 있는 푸 인레에 엘-어라이라는 랍스커틀더러 따라 나오라고 했어. 그 까만 개 코를 물고 가면서 더러운 것이 눈에 띄는 족족 그것을 밀어 넣었지. 그중엔……."

헤이즐이 말을 잘랐다.

"그런 건 그냥 넘어가고 빨리 다음 이야기나 해 봐."

"나중에는 랍스커틀도 멀찍이 떨어져서 따라갈 정도였지. 하지만 엘-어라이라는 숨을 참아 가며 그것을 물고 가서는 고기 자루를 묻어 둔 곳에 이르렀어.

엘-어라이라가 명령했어.

'파내라! 어서.'

둘이서 고기 자루를 파내자 종이로 된 자루가 찢어졌어. 그 바람에 브리오니아 덩굴 줄기처럼 줄줄이 이어진 고깃덩어리가 나타났지. 랍스커틀은 가엾게도 고깃덩이를 끌고 가서 채소밭 가장자리에 갖다 놓으라는 명령을 받았어. 랍스커틀은 힘들게 끌고 가서는 고기를 내려놓자마자 안도의 한숨을 쉬었지.

'자, 이제 앞쪽으로 돌아가자.'

집 앞에 가 보니 농부는 나가고 없었어. 집이 온통 깜깜한 데다 농부가 조금 전에 대문을 지나간 냄새가 났거든. 집 앞에는 꽃밭이 있었는데, 그 꽃밭 뒤쪽으로 널빤지를 촘촘히 댄 높다란 울타리가 채소밭을 둘러싸고 있고, 울타리 끝에는 월계수 덤불이 있었지. 울타리 바로 뒤쪽에는 부엌으로 통하는 뒷문이 있었고.

엘-어라이라와 랍스커틀은 소리 없이 꽃밭을 지나 울타리 틈으로 들여다보았어. 로스비 우프는 말똥말똥 깬 채 추위에 떨며 자갈길에 앉아 있었어. 거리가 워낙 가까워서 그 개가 달빛에 눈을 깜박이는 것까지 보였지. 부엌문은 닫혀 있었지만, 근처 벽을 따라가다 보니 배수구 위에 벽돌이 빠진 구멍이 있었어. 부엌 바닥이 벽돌로 되어 있어서, 농부가 거친 빗자루로 바닥을 쓸고 물청소를 한 다음엔 그 구멍으로 물을 흘려 보내곤 했지. 구멍은 찬 바람이 들어오지 않게 낡은 헝겊으로 막아 놓았어.

잠시 뒤 엘-어라이라가 나직하게 말했어.

'로스비 우프! 오, 로스비 우프!'

로스비 우프는 벌떡 일어나 앉아 털을 곤두세우며 주위를 두리번거렸어.

'누구지? 누구야?'

'오, 로스비 우프!'

엘-어라이라는 울타리 너머에 쭈그리고 앉아 말했어.

'세계 최고의 행운아이자 축복받은 로스비 우프여! 네게 상을 주러 왔노라! 세상에서 가장 기쁜 소식을 가져왔노라!'

'뭐라구? 누구야? 어디서 누굴 속이려는 수작이야?'

'속인다고? 아, 그대는 나를 모르겠구나. 어떻게 알겠느냐? 충실하고 훌륭한 사냥개여, 잘 들어라. 나는 동방의 위대한 개의 정령이자 드립슬러버 여왕의 사신인 페어리 와그도그이니라. 여왕님의 궁전은 머나먼 동쪽 나라에 있지. 아, 로스비 우프여, 그대도 여왕님의 나라를, 그 경이로운 왕국을 본다면 얼마나 좋을까! 모래벌판에 썩은 고기가 널려 있다! 배설물도!

하수구가 열려 있는 건 물론이지! 아, 그곳에 간다면 그대는 기뻐서 날뛰며 사방을 들쑤시고 다니리라!'

로스비 우프는 일어나서 가만히 주위를 둘러보았어. 누가 그런 소리를 내는지 알 수 없지만 의심스러웠지.

엘-어라이라가 말했어.

'그대가 훌륭한 쥐잡이라는 명성이 여왕님의 귀에까지 전해졌노라. 세상에서 제일가는 쥐잡이인 그대에게 경의를 표하노라. 내가 온 것도 그 때문이다. 가엾게도 어리둥절한 모양이구나! 당연히 당황스럽겠지. 가까이 오라, 로스비 우프여! 울타리로 다가와서 내가 누구인지 알아볼지어다!'

로스비 우프가 울타리로 다가오자 엘-어라이라는 재빨리 고무 코를 울타리 틈으로 밀어 넣고 꼼지락거렸어. 로스비 우프는 바싹 다가와서 킁킁 냄새를 맡았지.

엘-어라이라가 속삭였어.

'뛰어난 쥐잡이여, 나 페어리 와그도그는 그대에게 상을 주러 왔노라!'

로스비 우프는 침을 질질 흘리고 자갈길에 온통 오줌을 지리며 외쳤어.

'오, 페어리 와그도그시여! 아, 정말로 우아하시군요! 역시 지체 높으신 분이라 다르군요! 지금 이 냄새가 정말로 썩은 고양이 냄새 맞나요? 썩은 낙타 냄새도 은은히 풍기는군요! 아, 멋진 동쪽 나라!'"

(빅웍이 "대체 '낙타'가 뭐야?" 하고 물었다.

댄더라이언이 대답했다.

"나도 몰라. 이야기에 나오니까 그런 동물이 있나 보다 하는 거야.")

"엘-어라이라가 말했어.

'복되고 복된 개여! 드립슬러버 여왕님께서 친히 그대를 만나 보고 싶어 하시니라. 하지만 아직은, 아직은 때가 아니다. 그러려면 우선 그대가 그만한 자격이 있는지 증명해야 하느니라. 나는 그대를 시험하고 확인하러 왔다. 잘 들어라, 로스비 우프. 채소밭 저쪽 가장자리에 가면 줄줄이 매달린 고깃덩어리가 있을 것이다. 진짜 고기이니라. 우리는 개의 정령이지만, 그대처럼 고귀하고 용감한 자에게는 진짜 선물을 가져다주느니라. 당장 가서 고기를 먹어라. 집은 내가 지켜 줄 테니 안심하고 다녀오너라. 이는 그대의 믿음을 시험하기 위함이다.'

로스비 우프는 춥고 배가 고파서 죽을 지경이었지만 망설였어. 주인이 자기를 믿고 집을 비운 줄 알고 있었으니까.

엘-어라이라가 말했어.

'아, 그렇다면 됐노라. 이만 가 보겠다. 옆 마을에도 어떤 개가……'

로스비 우프가 다급하게 외쳤어.

'아, 아닙니다. 페어리 와그도그 님, 가지 마십시오! 정령님을 믿습니다! 당장 가겠습니다! 이 집을 꼭 지켜 주십시오!'

'걱정 마라, 충견이여. 위대하신 여왕님만 믿고 가거라!'

로스비 우프가 달빛 속에서 껑중껑중 뛰어가자, 엘-어라이라는 그 모습이 보이지 않을 때까지 지켜보았어.

랍스커틀이 물었어.

'이제 집 안으로 들어가실 겁니까, 주인님? 그럼 서둘러야겠어요.'

'그럴 순 없지. 어떻게 한 입으로 두 말 할 수 있겠느냐? 부끄러운 줄 알아라, 랍스커틀! 우린 집을 지켜야 해.'

둘은 묵묵히 기다렸고, 한참 뒤에 로스비 우프가 입맛을 다시며 돌아왔어. 개는 쿵쿵거리며 울타리로 다가왔지.

엘-어라이라가 말했어.

'정직한 친구여, 쥐를 잡을 때처럼 대번에 고기를 찾았구나. 집은 안전하니 걱정하지 마라. 이제 잘 들어라. 나는 돌아가서 여왕님께 모든 것을 말씀드릴 것이다. 오늘 밤 네가 여왕님의 사신을 믿어 충성심을 증명하면, 여왕님께서 친히 그대를 불러 상을 주신다고 했노라. 내일 밤 여왕님께서 북쪽 나라 늑대 축제에 가시는 길에 특별히 그대를 만나러 이곳을 지나실 것이다. 준비하고 있을지어다, 로스비 우프!'

'오, 페어리 와그도그 님! 여왕님 앞에 나아가 엎드릴 수 있다면 얼마나 기쁠까요! 겸손하게 땅바닥을 뒹굴겠나이다! 여왕님의 종이 되겠나이다! 어떤 비천한 일도 마다하지 않겠나이다! 제가 진실한 개임을 보여 드리겠나이다!'

'그대의 말을 의심하지 않노라. 그럼 잘 있어라. 내가 돌아올 때까지 느긋이 기다리라!'

엘-어라이라는 고무 코를 울타리 틈에서 빼내고는 소리 없이 사라졌어.

이튿날 밤은 훨씬 더 추웠어. 엘-어라이라도 마음의 준비를 단단히 하고 들판으로 나섰지. 엘-어라이라와 랍스커틀은 전날 밤에 채소밭 밖에다 묻어 놓은 코를 한동안 찾아다녔지. 그러고는 농부가 없는 것을 확인하고 살금살금 앞뜰로 들어가 울타리에 다가갔어. 로스비 우프는 하얀 입김을 뿜어내며 뒷문 앞에서 초조하게 왔다 갔다 했어. 엘-어라이라가 말을 걸자마자 로스비 우프는 두 앞발 사이에 고개를 조아리며 기뻐서 낑낑거렸어.

엘-어라이라가 고무 코 뒤에서 말했어.

'로스비 우프여, 여왕님이 충성스러운 신하들과 정령 포스트위들과 스니프바텀을 거느리고 이곳에 오신다. 이제 이렇게 하라. 그대는 이 마을의 네거리를 아느냐?'

로스비 우프가 낑낑거렸어.

'그럼요, 그럼요! 알다마다요! 아, 페어리 와그도그 님, 제가 얼마나 비천해질 수 있는지 보여 드리겠나이다.'

'좋다. 자, 복 받은 개여, 네거리에서 여왕님을 기다리라. 여왕님께서는 밤의 날개를 타고 오시리라. 먼 길을 오고 계시니 참고 기다리라. 기다리기만 하면 된다. 여왕님을 실망시키지

않으면 큰 축복을 받으리라.'

'실망시킨다고요? 그럴 리가 있겠습니까? 길바닥의 벌레처럼 꼼짝 않고 기다리겠습니다. 오, 페어리 와그도그 님, 저는 여왕님께 구걸하는 거지입니다. 여왕님 앞에서는 비렁뱅이이며 천치입니다.'

'맞는 말이다, 훌륭하구나. 어서 가거라!'

로스비 우프가 자리를 뜨자마자 엘-어라이라와 랍스커틀은 재빨리 울타리 끝에 있는 월계수 덤불을 지나 부엌 뒷문으로 갔어. 엘-어라이라는 하수구 위 구멍을 막고 있는 헝겊을 물어서 뺀 뒤 부엌으로 들어갔어.

부엌은 지금 우리가 있는 곳만큼이나 따뜻했고, 한쪽 구석엔 이튿날 아침에 흐루두두에 싣고 갈 양배추, 양상추, 방풍나물 따위가 산더미처럼 쌓여 있었어. 얼었던 채소가 녹으면서 군침이 도는 냄새가 진동했어. 엘-어라이라와 랍스커틀은 그동안 얼어붙은 풀과 나무껍질만 먹고 살았던 터라 허겁지겁 달려들었어.

엘-어라이라는 한입 가득 채소를 우물거리면서 말했어.

'충실한 개여, 잘했노라. 그 개는 여왕을 기다리면서 오히려 감지덕지하고 있겠지? 랍스커틀, 방풍나물 좀 더 먹게.'

한편 네거리에서는 로스비 우프가 추위에 떨면서도 귀를 쫑긋 세우고 드립슬러버 여왕을 기다렸어. 한참 뒤에 발소리가 들렸어. 개의 발소리가 아니라 인간의 발소리였어. 소리가 가까워지자 주인의 발소리임을 알아차렸지. 로스비 우프는 워낙 멍청해서 주인이 다가올 때까지 숨거나 달아나지도 않고 그 자리에 앉아 있었지.

'아니, 로스비 우프, 여기서 뭐 하는 거냐?'

로스비 우프는 어리벙벙한 표정으로 코를 킁킁거렸어. 주인은 어리둥절했지. 하지만 곧 이렇게 말했어.

'허어, 기특한 녀석. 날 마중 나왔구나? 아이구, 착해라! 자, 집으로 가자.'

로스비 우프는 슬쩍 도망치려 했지만, 주인이 목 줄을 잡더니 주머니에서 줄을 꺼내 묶어서 집으로 끌고 왔지.

농부와 개가 집에 오자 엘-어라이라는 깜짝 놀랐어. 양배추를 먹느라 정신이 없어서 문고리가 달그락거릴 때까지 아무 소리도 듣지 못한 거야. 농부가 로스비 우프를 끌고 집 안에 들어서는 순간 두 토끼는 아슬아슬하게 바구니 더미 뒤에 숨었어. 로스비 우프는 풀이 죽어서 잠자코 있었고 토끼 냄새도 맡지 못했어. 물론 장작불 냄새와 채소 냄새가 온통 뒤섞여 있었던 탓도 있지. 로스비 우프는 깔개에 엎드려 있고, 농부는 술 같은 것을 만들었어.

엘-어라이라는 구멍으로 빠져나갈 기회만 엿보았어. 하지만 의자에 앉아 술을 마시며 하얀 막대기를 뻐끔거리던 농부가 갑자기 주위를 둘러보더니 벌떡 일어났어. 구멍에서 찬 바람이 들어오는 것을 알아차린 거야. 농부는 자루를 집어 들더니 구멍을 꽁꽁 틀어막았어. 그러고는 술을 다 마시고 나자 벽난로에 석탄을 더 넣은 다음, 로스비 우프는 부엌에 두고 자러 갔지. 밖에서 재우기에는 날씨가 너무 춥다고 여긴 모양이야.

로스비 우프는 처음에는 문을 긁으며 낑낑거리다가 이내 벽난로 앞 깔개에 와서 드러누웠어. 엘-어라이라는 살금살금 벽을 따라가다가 개수대 아래 구석에 있는 큰 금속 상자 뒤에 숨었어. 종이와 낡은 자루도 쌓여 있어서 로스비 우프의 눈에 띄지 않을 게 확실했지. 랍스커틀이 뒤따라오자마자 엘-어라이라가 나직이 속삭였어.

'오, 로스비 우프여!'

로스비 우프는 벌떡 일어났어.

'페어리 와그도그 님! 정령님 맞습니까?'

'그렇다. 실망이 크겠구나. 여왕님을 못 만났다면서.'

'아아, 그렇답니다.'

로스비 우프는 네거리에서 있었던 일을 설명했어.

'괜찮다. 실망하지 말지어다. 여왕님께서 오시지 않은 이유가 있노라. 위험이, 크나큰 위험이 있다는 소식을 듣고 다행히 먼저 피하셨노라. 나도 위험을 무릅쓰고 그대에게 경고하러 왔느니라. 나 같은 친구를 두었으니 그대는 참으로 운이 좋구나. 그렇지 않았다면 그대의 주인은 죽음의 역병에 걸렸을 터인데.'

로스비 우프가 소리쳤어.

'역병이라고요? 그게 무슨 말씀입니까, 정령님?'

'동쪽의 여러 동물 왕국에는 요정과 정령이 많이 사느니라. 나같이 착한 정령도 있지만 천벌을 받을 사악한 적들도 있지. 그중에서도 가장 사악한 정령은 하멜린의 저주를 받은 수마트라의 거인이라는 거대한 쥐의 정령이니라. 고귀하신 여왕님께 대놓고 맞서지는 못하고 남몰래 독과 질병을 퍼뜨리지. 그대가 여왕님을 맞으러 간 뒤 곧 그 사악한 정령이 질병을 품은 괘씸한 쥐 악귀들을 구름 사이로 내려 보냈다는 소식이 전해졌느니라. 나는 즉시 여왕님께 알렸느니라. 그리고 그대에게도 알려 주려고 남아 있었지. 그 악귀들이 코앞에 와 있는 지금 역병이 내리면 네가 아니라 네 주인이 죽음을 당하리라. 어쩌면 나도 피할 수 없을 것이다. 그대만이 주인을 구할 수 있다. 나는 할 수 없느니라.'

로스비 우프가 소리쳤어.

'아니, 어떻게 그런 일이! 시간이 없습니다! 제가 어떻게 해야 합니까?'

'질병은 주문에 따라 퍼지느니라. 하지만 피와 살이 있는 개가 목청껏 짖어 대며 집 주위를 네 바퀴 돌면 주문이 깨지고 질병은 힘을 쓰지 못한다. 아아, 이럴 수가! 깜빡했구나! 그대는 밖으로 나갈 수 없는 몸. 이를 어찌하면 좋을까? 모든 것이 끝났구나.'

'아니, 아닙니다! 제가 구해 드리겠습니다, 페어리 와그도그

님과 주인님을요. 저한테 맡겨 주십시오!'

로스비 우프는 컹컹 짖기 시작했어. 죽은 자들조차 벌떡 일어날 만큼 큰 소리로 짖었지. 창문이 흔들렸어. 벽난로 속에서 석탄이 굴러 떨어졌어. 이층에서 농부가 고함을 지르며 욕하는 소리가 들렸어. 그래도 로스비 우프는 짖어 댔지. 농부가 쿵쿵거리며 아래층으로 내려왔어. 창문을 벌컥 열고 도둑이 들었나 귀를 기울였지만 아무 소리도 들리지 않았어. 아무도 없었기 때문이기도 하고 개 짖는 소리가 너무 시끄러운 탓도 있었지. 마침내 농부는 총을 들고 문을 활짝 열어젖히고는 무슨 일인지 살펴보려고 조심스럽게 밖으로 나왔어. 그 순간 로스비 우프가 황소처럼 울부짖으며 쏜살같이 튀어 나가 집 주위를 돌았어. 농부는 문을 열어 놓은 채 뒤쫓아 뛰어갔지.

엘–어라이라가 말했어.

'가자! 타타르 족의 화살보다 더 빨리! 어서!'

엘–어라이라와 랍스커틀은 번개같이 월계수 덤불을 지나 채소밭으로 뛰어들었지. 들판에 들어가서야 잠시 멈추어 섰어. 뒤쪽에서는 '이리 오지 못해, 이 망할 녀석!' 하는 성난 고함 소리에 섞여 컹컹 짖는 소리가 들려왔어.

엘–어라이라가 말했어.

'훌륭한 친구야. 주인을 구했잖아. 우리 모두를 구한 거지. 이제 굴로 돌아가서 늘어지게 자자.'

로스비 우프는 위대한 개 여왕을 기다리던 밤을 평생토록 잊지 못했어. 사실 실망은 했지만 그쯤은 아무것도 아니라고 생각했지. 사악한 쥐의 정령한테서 주인과 페어리 와그도그를 구한 자신의 훌륭한 행동을 두고두고 회상하는 기쁨에 비하면 말이야."

42 해 질 무렵에 들려온 소식

> 신들이 그 행위를 부당하다고 여기고 싫어한다는 사실을 증명할 수 있느냐?
> 네, 그렇습니다, 소크라테스. 신들이 제 말을 듣기만 한다면요.
>
> 플라톤, 〈에우티프론〉

댄더라이언은 이야기를 마치고 나자 에이콘과 교대하기로 한 사실이 생각났다. 보초 서는 곳은 숲 동쪽 모퉁이 근처로 마을과 조금 떨어져 있었다. 헤이즐은 박스우드와 스피드웰이 굴 파기 작업을 잘하고 있는지 보려고 댄더라이언과 함께 둔덕 아래를 지나갔다. 새 굴로 들어가려는 순간 풀밭에서 작은 동물이 종종거리며 돌아다니는 것을 보았다. 언젠가 황조롱이의 공격에서 구해 준 들쥐였다. 그 쥐가 무사히 살아 있는 게 반가워서 헤이즐은 말을 걸어 보려고 돌아섰다. 들쥐는 헤이즐을 알아보고 똑바로 앉더니 앞발로 얼굴을 닦으며 재잘재잘 떠들어 댔다.

"좋은 날, 더운 날. 좋아요? 먹을 거 많고 따뜻해. 언덕 아래 추수. 옥수수 가지러 가지만 멀어요. 너도 갔다, 오래 안 있고 다시 왔다, 그치요?"

"응, 여럿이 가서 원하던 걸 찾아왔어. 이제 아주 돌아온 거야."

"잘됐다. 이제 토끼 많아서 풀 짧아요."

근처에서 빅윅이 블랙카바르와 함께 깡충깡충 뛰어다니며 풀을 뜯다가 말했다.

"풀이 짧은 게 저하고 무슨 상관이야? 먹지도 않으면서."

들쥐는 빅윅을 몹시 짜증 나게 만드는 말투로 말했다.

"지나다니기 좋지 않아요? 빨리 달릴 수 있어요. 그치만 짧은 풀은 씨가 없어. 여기 마을 있고, 오늘 새 토끼 왔어요. 마을 더 생겨. 새 토끼들은 친구?"

"그래그래, 다 친구야."

빅윅이 헤이즐을 돌아보며 말했다.

"헤이즐, 앞으로 태어날 아기 토끼들에 대해 할 얘기가 있어. 아기 토끼들이 땅 위로 나올 때 말야……."

그러나 헤이즐은 그 자리에서 꼼짝 않고 들쥐를 뚫어지게 바라보았다.

"가만있어 봐, 빅윅. 이봐, 또 다른 마을이 어쨌다구? 어디에 토끼 마을이 생긴단 말야?"

들쥐는 깜짝 놀랐다.

"몰라요? 친구 아냐?"

"네가 말해 줘서 알았어. 새 토끼니 새 마을이 곧 생긴다느니, 그게 다 무슨 소리야?"

헤이즐은 다급하게 캐물었다.

들쥐는 안절부절못하더니 쥐들이 원래 그렇듯이 상대가 듣고 싶어 할 만한 말을 골라서 했다.

"마을 아닐지 몰라요. 여기 토끼들 많아요. 다 내 친구. 다른 토끼 없어요. 다른 토끼 필요 없어요."

"다른 토끼라니 누구?"

헤이즐이 다그쳤다.

"아녜요, 없어요. 다른 토끼 아녜요. 곧 다른 토끼 안 와요, 여기는 다 내 친구, 나 구해 주었는데, 올빼미 만나면?"

들쥐는 횡설수설했다.

헤이즐은 잠시 생각해 보았지만 도무지 이해할 수 없었다.

빅윅이 말했다.

"이봐, 헤이즐, 불쌍한 녀석 괴롭히지 말고 이리 와 봐. 할 말 있다니까."

헤이즐은 들은 척도 하지 않았다. 그저 들쥐에게 바싹 다가가서 고개를 숙이고 조용하면서도 단호하게 말했다.

"넌 우리가 친구라고 입버릇처럼 말했지. 그렇다면 말해 봐.

겁내지 말고 다른 토끼들이 온다는 게 무슨 뜻인지 말해 봐."

쥐는 어쩔 줄 몰라 하더니 입을 열었다.

"내가 본 건 아니고요, 우리 형이 멧새한테 들었는데, 새 토끼들, 토끼들이 많이많이 아침 쪽에서 숲으로 온다고. 헛소리일지도 몰라요. 이거 틀리면 쥐 싫어하고 친구 안 할 거죠?"

"아니, 괜찮아. 걱정 마. 다시 한 번 말해 봐. 멧새가 새 토끼들이 어디서 온다고 했다고?"

"해 뜨는 쪽에서. 나 본 거 아녜요."

"고마워. 큰 도움이 됐어."

헤이즐은 친구들에게로 돌아섰다.

"빅윅, 어떻게 생각해?"

"별거 아냐. 풀숲에 떠도는 헛소문이야. 저 쪼끄만 녀석들은 아무 말이나 지껄이고 하루에도 다섯 번씩 말을 바꾸니까. 푸 인레에 다시 물어봐. 또 딴소리 할걸."

"네 말이 맞다면 내 생각은 틀린 거니까 잊어버리면 그만이야. 하지만 확실히 알아봐야겠어. 누가 알아보고 와야 해. 내가 직접 가고 싶지만 이 다리로는 빨리 달릴 수가 없어."

"어쨌든 오늘 밤은 그냥 넘어가자. 나중에……."

헤이즐은 단호하게 다시 말했다.

"누가 알아보고 와야 한다니까. 뛰어난 정찰대여야 돼. 블랙카바르, 홀리 좀 불러 주겠어?"

"나 여기 있어."

홀리는 헤이즐이 말하는 사이에 벌써 둔덕 마루로 올라와 있었다.

"무슨 일이야?"

"해 뜨는 언덕 쪽에 낯선 토끼들이 나타났다는 소문이 있어. 자세히 알아봐야 할 것 같아. 블랙카바르랑 같이 그쪽으로 가서, 그러니까 숲 꼭대기에 가서 무슨 일인지 알아봐 줄래?"

"물론이지. 토끼들이 있으면 데리고 와야겠지? 몇 마리쯤은 더 있어도 괜찮을 것 같은데."

"어떤 토끼냐에 따라 다르지. 그게 궁금하다는 거야. 당장 가, 홀리. 알았지? 아무것도 모르고 있으려니 불안해."

홀리와 블랙카바르가 출발하자마자 스피드웰이 굴에서 나왔다. 스피드웰이 어찌나 의기양양하고 흥분된 표정이던지 모두 일제히 스피드웰을 바라보았다. 스피드웰은 더욱 보란 듯이 헤이즐 앞에 앉아 말없이 주위를 둘러보았다.

헤이즐이 물었다.

"굴은 다 팠어?"

"지금 굴이 문제야? 그 얘기를 하러 온 게 아니야. 클로버가 아기 토끼를 낳았어. 모두 좋아, 건강해. 수토끼 셋, 암토끼 셋이래."

헤이즐이 말했다.

"너도밤나무에 올라가서 노래라도 불러야겠다. 모두한테 알려 줘! 하지만 다들 우르르 몰려가서 클로버를 귀찮게 하지 말라고 일러둬."

빅윅이 말했다.

"그럴 필요 없을걸. 누가 다시 아기 토끼가 되고 싶겠어? 아기 토끼를 구경하고 싶지도 않을걸? 눈도 안 보이고 귀도 안 들리고 털도 없잖아."

헤이즐이 말했다.

"암토끼들은 보고 싶어 할지도 몰라. 모두 들떠 있잖아. 그러다 클로버가 불안해져서 아기 토끼를 먹어 버리거나 죽이면 큰일이야."

빅윅은 헤이즐과 함께 둔덕에서 풀을 뜯으며 말했다.

"이제야 좀 토끼답게 사는 것 같다, 그렇지? 진짜 대단한 여름이었어! 난 자꾸만 에프라파로 돌아가는 꿈을 꿔. 뭐, 시간이 지나면 괜찮아지겠지. 거기서 한 가지 얻은 교훈은 마을이 눈에 띄지 않도록 하는 게 중요하다는 거야. 마을이 커지면 그 문제를 생각해야 돼. 우린 에프라파보다 잘할 거야. 마을이 웬만큼 커지면 토끼들한테 다른 곳으로 이주하라고 권해야지."

"그래도 넌 가면 안 돼. 안 그러면 키하르더러 도로 잡아 오라고 할 거야. 네가 훌륭한 아우슬라를 만들어 주었으면 해."

"그건 나도 손꼽아 기다리는 일이야. 젊은 토끼들을 모아 농장 고양이들을 헛간에서 쫓아내면 재미있겠지? 그런 날이 올 거야. 근데 이 풀은 철조망에 붙은 말털처럼 너무 말라비틀어지지 않았냐? 저 아래 벌판으로 내려가 볼까? 너, 나, 파이버 셋이서만. 옥수수를 거두고 난 뒤니까 주워 먹을 게 많을 거야. 조금 있으면 밭을 태우겠지만 아직은 괜찮아."

"아니, 조금 기다려 봐. 홀리랑 블랙카바르가 오면 뭐라고 하나 들어 봐야지."

"오래 기다릴 필요도 없겠다. 벌써 오고 있는걸. 그것도 탁 트인 길로 곧장 달려오는데! 숨지도 않고 말야. 왜 저렇게 쏜살같이 뛰어오지?"

"안 좋은 일인가 본데."

헤이즐은 다가오는 토끼들을 뚫어지게 바라보며 말했다. 그림자가 길게 드리워진 숲에 홀리와 블랙카바르가 쫓기듯이 죽을힘을 다해 뛰어오고 있었다. 둔덕에 가까워지면 속도를 늦출 줄 알았는데 그대로 굴속으로 들어갈 것처럼 빨리 뛰어왔다. 홀리가 간신히 멈춰 서더니 주위를 둘러보며 발을 두 번 굴렀다. 블랙카바르는 가장 가까운 굴로 사라졌다. 발 구르는 소리에 땅 위에 나와 있던 토끼들은 모두 숨을 곳을 찾아 뛰었다.

헤이즐은 풀밭을 지나오는 핍킨과 호크빗을 밀치고 나가며 소리쳤다.

"이봐, 잠깐만. 홀리, 왜 그래? 언덕이 무너져라 발만 구르지 말고 말을 해 봐. 무슨 일이야?"

홀리가 헉헉거리며 말했다.

"굴을 막아! 모두 땅속으로 내려 보내! 시간이 없어."

홀리의 눈에 흰자위가 보이고 입에서 거품이 흘러 나와 턱을 적셨다.

"인간이야, 뭐야? 보이지도 않고 소리도 냄새도 없잖아. 뜻 모를 소리만 하지 말고 무슨 일인지 설명을 해 봐, 이 친구야."

"빨리 말할게. 그 숲에 에프라파 토끼들이 쫙 깔렸어."

"에프라파? 도망온 토끼들이 있단 말이야?"

"아니, 도망친 토끼들이 아니야. 캠피언이 있어. 우린 캠피언과 딱 마주쳤어. 블랙카바르가 얼굴을 아는 놈도 서넛 있었지. 운드워트도 온 것 같아. 우릴 잡으러 온 거야. 틀림없어."

"정찰대보다 많은 거 확실해?"

"확실해. 냄새도 나고 소리도 들렸어. 저 아래 골짜기야. 그렇게 많은 토끼들이 뭘 하고 있나 궁금해서 내려갔다가 캠피언과 딱 마주친 거야. 우리도 그놈을 보고 그놈도 우리를 봤어. 그 순간 난 어떻게 된 일인지 깨닫고 그대로 도망쳐 온 거야. 쫓아오지도 않더라구. 명령이 없어서 그랬을 거야. 놈들이 오려면 얼마나 걸릴까?"

그때 블랙카바르가 블랙베리와 실버를 데리고 굴 밖으로 나왔다.

"당장 떠나야 합니다. 그럼 놈들이 오기 전에 꽤 멀리까지 도망갈 수 있을 겁니다."

헤이즐은 주위를 둘러보았다.

"떠나고 싶으면 떠나. 난 안 가. 이 마을은 우리가 만들었어. 오늘에 이르기까지 우리가 무슨 일을 겪었는지는 프리스 님만이 아시지. 이제 와서 떠날 수는 없어."

빅윅이 말했다.

"나도 안 가. 인레의 검은 토끼한테 가야 한다면 에프라파 놈도 한둘쯤 데리고 가겠어."

짧은 침묵이 흘렀다.

헤이즐이 입을 열었다.

"굴을 막자는 의견이 옳아. 그게 가장 좋은 방법이야. 굴을 꽁꽁 막자. 그러면 놈들은 굴을 파내야 해. 우리 마을은 깊어. 둔덕 아래 있는 데다 나무뿌리가 뒤덮고 있지. 그 많은 토끼들이 언덕에 있다 보면 곧 엘릴이 몰려들지 않겠어? 결국 포기할 수밖에 없을 거야."

블랙카바르가 말했다.

"그건 에프라파 토끼들을 몰라서 하시는 말씀입니다. 우리 어머닌 종종 너틀리 숲에서 일어난 일을 들려주곤 하셨지요. 지금 도망가는 게 좋습니다."

"갈 테면 가. 말리진 않겠어. 난 이 마을을 떠나지 않아. 여긴 내 마을이야."

헤이즐은 아기 토끼를 밴 하이젠슬라이가 가까운 굴 입구에 앉아 귀기울이고 있는 것을 보았다.

"하이젠슬라이가 얼마나 갈 수 있을 것 같아? 또 클로버는? 그냥 내버려 두고 갈 거야, 어쩔 거야?"

스트로베리가 말했다.

"그래, 못 가. 엘-어라이라가 우리를 보호해 줄 거야. 그렇지 않다 해도 난 절대로 에프라파로 돌아가지 않아."

헤이즐이 결단을 내렸다.

"굴을 막자."

해가 지는 동안 토끼들은 굴길에서 흙을 긁어 팠다. 날씨가 뜨거워서 흙이 딱딱하게 말라 있었다. 흙을 파내기도 힘들고, 파낸 흙도 너무 마르고 부슬부슬해서 굴을 막기가 쉽지 않았다. 블랙베리는 벌집 안에서부터 막아 나가자고 했다. 벌집으로 들어오는 굴길의 천장과 벽을 무너뜨려서 입구를 막자는 것이다. 결국 숲으로 나 있는 굴길 하나만 남기고 다 막았다. 그 굴길은 키하르가 잠자리로 썼던 자리로, 입구에는 아직 똥덩어리가 널려 있었다. 헤이즐은 그곳을 지나다가 문득 운드워트는 키하르가 떠난 줄 모를 거라는 생각이 들었다. 그래서 키하르가 남긴 오물들을 있는 대로 긁어모아 여기저기 뿌려놓았다. 그러고는 굴 입구를 막는 일이 계속되는 동안 둔덕에 웅크리고 앉아 어두워지는 동쪽 지평선을 바라보았다.

헤이즐은 몹시 서글펐다. 아니, 사실 절망적이었다. 다른 토끼들 앞에서는 꿋꿋하게 큰소리쳤지만, 에프라파 토끼들에 맞서 마을을 지키는 것이 얼마나 가망 없는 일인지 너무도 잘 알고 있었다. 에프라파 토끼들은 헤이즐네 마을에서 어떻게 대응해 올지 알고 있었다. 입구를 꽁꽁 막아 봤자 마을을 뚫고 들어올 방법이 분명 있을 것이다. 엘릴이 나타나서 그들이 도망칠 가능성도 거의 없었다. 천의 적은 대개 배를 채우려고 토끼를 사냥한다. 담비나 여우는 대개 토끼 한 마리를 잡으면, 다시 배가 고파질 때까지는 사냥에 나서지 않는다. 게다가 에프라파 토끼들은 죽음을 많이 보아 온 탓에 큰 충격을 받지 않을 것이다. 운드워트 장군은 목적을 이룰 때까지 버틸 것이다. 예상치 못한 재해가 일어나기 전에는 아무도 그들을 막을 수 없다.

내가 직접 운드워트를 찾아가 담판을 짓는다면? 운드워트를 설득할 만한 방법이 없을까? 너틀리 숲에서는 어쨌는지 모르지만 에프라파 토끼들이라도 빅윅, 홀리, 실버 같은 토끼들을 상대로 끝까지 싸우자면 꽤 많은 토끼를 잃을 수밖에 없다. 운드워트도 그 점을 알고 있을 것이다. 어쩌면 지금이라도 운드워트를 설득해서 새로운 계획, 두 마을에 모두 이로운 계획을 받아들이게 할 수 있을지 모른다.

헤이즐은 비장하게 생각했다.

'그럴지도 몰라. 가능성이 있어. 아무래도 이런 일은 족장 토끼가 나서야겠지. 저 잔인한 짐승은 믿을 만한 놈이 못될 테니 나 혼자 가야 해.'

헤이즐은 벌집으로 돌아가 빅윅을 찾았다.

"운드워트 장군을 찾아가서 담판을 지을 거야. 내가 돌아올 때까지 네가 족장을 맡아 줘. 부탁해."

"아니, 헤이즐, 잠깐만 기다려. 위험하…….."
"금방 올 거야. 운드워트한테 앞으로 어쩔 건지 물어보고만 올게."

곧 헤이즐은 절름거리며 둔덕을 내려가 이따금 걸음을 멈추고 에프라파 정찰대가 있는지 살펴보면서 오솔길로 갔다.

43 대정찰

> 오, 병사들이여, 세계가 무엇이냐?
> 그것은 바로 나다.
> 나는, 이 그치지 않는 눈발,
> 이 북녘 하늘,
> 병사들이여, 우리가 뚫고 지나는
> 이 고독
> 그것은 나다.
>
> 월터 드 라 메어, 〈나폴레옹〉

빗속에 뗏배가 강으로 떠내려갔을 때 운드워트 장군의 권위도 어느 정도 함께 떠내려가 버렸다. 운드워트는 헤이즐 일행이 나무들 너머로 날아갔다 해도 그렇게 드러내 놓고 망연자실하지 않았을 것이다. 그 전까지만 해도 운드워트는 두려워할 만한 적으로 떡 버티고 있었다. 지휘관들은 예기치 않았던 키하르의 공격에 사기가 떨어져 있었지만 운드워트는 아니었다. 그러기는커녕 추적을 계속했으며 도망자들의 퇴로를 막는 작전을 펼쳤다. 교활하고 노련한 운드워트는 널다리 옆에 숨어 있다가 키하르한테 덤벼들어 상처를 입히는 데 성공할 뻔하기도 했다. 그러고는 기껏 키하르가 도와주기 힘든 곳으로 도망자들을 몰아넣었는데, 이들이 갑자기 생각지도 못한 꾀를 써서 달아나는 바람에 운드워트는 닭 쫓던 개 지붕 쳐다보는 신세가 되고 말았다. 빗속을 뚫고 에프라파로 돌아가는 길에 운드워트는 지휘관 하나가 다른 토끼에게 '산'이라고 수군대는 소리를 들었다. 슬라일리, 블랙카바르, 왼쪽 엉덩이 반 암토끼들이 도망쳤다. 운드워트가 직접 나서서 막았지만 보기 좋게 실패하고 만 것이다.

그날 밤 운드워트는 거의 뜬눈으로 지새며 어떻게 해야 좋을지 궁리했다. 그러고는 이튿날 장로회를 소집했다. 운드워트는 슬라일리를 이길 만한 강한 선발대가 아니고서는 강가를 수색해 봤자 소용 없다고 했다. 그렇게 강한 선발대를 꾸리려면 지휘관 서넛과 많은 아우슬라를 데려가야 한다. 하지만 마을을 비운 사이에 문제가 생길 수도 있다. 또 탈출하려는 토끼가 나타날지 모른다. 슬라일리를 아예 찾지 못할 수도 있다. 흔적도 남아 있지 않은 데다 어디서부터 찾아야 할지도 모르기 때문이다. 만일 슬라일리를 찾지 못하고 돌아온다면 꼴이 더 우스워진다.

운드워트가 말했다.

"우리는 이미 웃음거리가 되었소. 그 점은 분명해. 표적반 토끼들이 뭐라고 수군거리는지는 버베인이 말해 줄 것이오. 캠피언이 하얀 새한테 쫓겨 도랑으로 도망친 일이며 슬라일리가 하늘에서 벼락을 불러온 일, 그 밖에도 프리스 님만이 아실 일들이지."

늙은 장로 스노우드롭이 말했다.

"가장 좋은 건 이 사건을 덮어 두는 겁니다. 떠들게 내버려 둡시다. 어차피 기억력이 나쁘니까."

운드워트가 말했다.

"해 볼 만한 방법이 한 가지 있소. 슬라일리와 그 무리가 지나간 곳을 알고 있소. 맬로 대장이 여우한테 당하기 직전에 정찰대를 이끌고 추적하던 곳이지. 한 번 지나간 곳이니 조만간에 다시 그리로 지나갈 거요."

그라운드슬이 말했다.

"하지만 장군님, 그들과 싸울 만큼 많은 토끼를 이끌고 나가 있기는 힘듭니다. 그러려면 굴을 파고 한동안 거기서 지내야 합니다."

운드워트가 대답했다.

"그 말은 맞네. 추후 통보가 있을 때까지 그곳에 정찰대를 주둔시킬 걸세. 굴을 파고 사는 거야. 이틀에 한 번씩 교대해. 슬라일리를 발견하면 몰래 감시하며 추적한다. 놈이 암토끼들을 데리고 어디로 갔는지 알기만 하면 놈을 처리할 수 있을 거야. 그리고 이것 하나는 분명히 말해 두겠소."

운드워트는 그 옅은 색깔의 부리부리한 눈으로 주위를 둘러보며 말을 맺었다.

"놈이 있는 곳을 알아내기만 하면 나는 어떤 고생이라도 할 각오가 되어 있소. 슬라일리 그놈한테 내 손으로 죽여 주겠다고 말해 놨지. 놈은 잊었을지 모르지만 나는 잊지 않았어."

운드워트는 첫 정찰대를 이끌고 그라운드슬을 따라 맬로가 북쪽에서 내려오는 낯선 토끼들의 흔적을 발견한 지점으로 갔다. 그러고는 시저스 벨트 언저리의 관목숲에다 얕은 굴을 파고 기다렸다. 이틀이 지나자 희망은 점점 사그라들었다. 버베인이 운드워트와 교대했다. 버베인은 이틀 뒤 캠피언과 교대했다. 그즈음 아우슬라 대장들 사이에서는 장군이 강박관념에 사로잡혀 있다는 이야기가 은밀히 오갔다. 증세가 더 심해지기 전에 그만두게 할 방법을 찾아야 한다고들 했다. 다음 날 저녁 장로회 모임에서 이틀 뒤에 정찰을 중단하자는 의견이 나왔다. 운드워트는 이를 드러내고 으르렁거리며 좀 더 두고 보자고 했다. 논쟁이 시작되자 운드워트는 그 어느 때보다도 강한 반대에 부닥쳤다. 한창 논쟁이 벌어지고 있는데, 운드워트가 보기에 극적이리만치 적절한 순간에 지칠 대로 지친 캠피언과 정찰대가 돌아와 운드워트가 말한 바로 그곳에서 슬라일리와 그 일행을 만났다고 보고했다. 정찰대는 슬라일리 일행을 마을까지 미행했는데, 먼 거리이긴 하지만 수색하는 데 시간을 들이지 않아도 되므로 공격해 볼 만하다고 했다. 그 토끼 마을은 별로 크지 않은 데다 기습할 수도 있다는 것이었다.

그 소식 덕분에 반대는 더 이상 없었고, 운드워트는 장로회와 아우슬라 양쪽을 다시 확실히 장악하게 되었다. 몇몇 지휘관들은 당장 출발하자고 했지만, 이제 추종자와 적이 분명해진 이상 운드워트는 서두르지 않고 착실히 준비했다. 캠피언이 슬라일리, 블랙카바르를 비롯해 모든 토끼들과 정면으로 마주쳤다고 하니, 그들이 경계심을 풀 때까지 조금 기다리기로 했다. 그뿐 아니라 워터십 다운으로 가는 길을 정찰하고 원정대를 조직할 시간이 필요했다. 운드워트는 되도록 하루 만에 그 토끼 마을에 도착할 생각이었다. 그래야 원정대가 오고 있다는 소문을 막을 수 있었다. 운드워트는 하루 만에 먼 길을 가고도 싸울 기력이 남아 있을지 확인하기 위해 캠피언과 지휘관 둘을 데리고 6킬로미터쯤 떨어진 워터십 다운의 동쪽 구릉까지 갔다. 그곳에 이르자마자 운드워트는 냄새나 모습을 들키지 않고 너도밤나무 숲까지 접근할 방법을 대번에 알아냈다. 그곳은 에프라파처럼 바람이 서쪽으로 불었다. 일단 저녁에 도착하여 캐논 히스 다운 남쪽 골짜기에 모여 쉰다. 그다음 땅거미가 지고 슬라일리와 그 무리가 땅속으로 들어가면 곧바로 언덕 마루로 올라가 마을을 공격하는 것이다. 운이 좋으면 불시에 덮칠 수 있다. 점령지에서 안전하게 밤을 보내고 이튿날 운드워트와 버베인은 에프라파로 돌아간다. 나머지는 캠피언의 지휘 아래 하루쯤 더 쉬고 나서 암토끼들과 포로들을 끌고 돌아오면 된다. 사흘이면 모든 것이 끝난다.

토끼들은 너무 많이 데려가지 않는 게 좋다. 장거리 행군을 하고 나서 곧바로 전투에 들어갈 만큼 튼튼하지 않은 토끼는 거추장스러울 뿐이다. 결국 모든 것이 기동력에 달려 있다. 행군이 느려질수록 위험이 커지며, 낙오자가 있으면 엘릴이 따라붙기 쉬운 데다 다른 토끼들까지 의기소침해진다. 운드워트는 지도력이 아주 중요한 열쇠가 되리라는 사실을 잘 알고 있었다. 토끼들은 저마다 장군과 긴밀한 유대감을 느껴야 한다. 거기다 스스로 선택된 토끼라고 느낀다면 상황은 더욱 유리해질 것이다.

토끼들을 선발하는 일은 신중에 신중을 기했다. 스물여섯인가 스물일곱 마리쯤 되는 토끼들 가운데 절반은 아우슬라이고 나머지는 각 표적반 지휘관이 추천한, 장래가 촉망되는 젊은 토끼였다. 운드워트는 경쟁의 효과를 믿고 있던 터라 포상 받을 기회가 많다고 알렸다. 캠피언과 처빌은 열심히 정찰 훈련을 나갔고, 아침 실플레이 때 격투와 전투 훈련이 이루어졌다. 원정대 토끼들은 보초 근무에서 면제되었고 아무 때나 실플레이를 해도 되었다.

8월 어느 맑은 날, 동이 트기도 전에 원정대는 무리를 지어 강기슭과 산울타리를 따라 북쪽으로 출발했다. 시저스 벨트에 도착하기 전에 그라운드슬의 부대가 노련한 담비와 1년생 담비한테 공격을 받았다. 뒤에서 비명 소리가 들리자, 운드워트는 단숨에 달려가 노련한 담비에게 덤벼들어 날카로운 이빨로 물고 갈고리 발톱을 세운 뒷다리로 힘차게 후려갈겼다. 늙은 담비는 앞다리에서 어깨까지 쭉 찢긴 채 도망가 버렸고, 어린 담비도 뒤따라갔다.

운드워트는 그라운드슬에게 말했다.

"이 정도는 혼자 해결해야 돼. 담비는 위험한 동물이 아니야. 그만 가지."

니-프리스가 조금 지나서 운드워트는 뒤처진 토끼들을 데리고 가려고 왔던 길을 되짚어갔다. 세 마리 가운데 하나가 유리 조각에 다쳤다. 운드워트는 피를 멎게 하고 나서 세 토끼를 각자 무리로 데려다 주었다. 그런 다음 모두에게 잠시 쉬면서 풀을 뜯으라고 명령하고는 망을 보았다. 몹시 더운 날씨라서 몇몇 토끼는 기진맥진한 기색을 보였다. 운드워트는 그런 토끼들만 따로 모아서 자기가 데리고 다녔다.

이른 저녁, 댄더라이언이 로스비 우프 이야기를 시작한 바로 그때, 에프라파 토끼들은 캐논 히스 농장 동쪽에 있는 돼지우리를 빙 둘러서 캐논 히스 다운의 남쪽 골짜기로 접어들었다. 많은 토끼들이 지쳐 있었고, 운드워트에 대한 굉장한 존경심을 품고 있으면서도 마을에서 너무 멀리 왔다는 불안감을 떨치지 못했다. 에프라파 토끼들은 명령에 따라 수풀에 숨어 풀을 뜯거나 쉬면서 해가 지기를 기다렸다.

노랑촉새와 들쥐 몇 마리가 돌아다닐 뿐 골짜기는 황량했다. 몇몇 토끼들은 긴 풀 속에서 잠이 들었다. 골짜기에 그림자가 드리워질 무렵 캠피언이 뛰어오더니 골짜기 위쪽에서 홀리, 블랙카바르와 마주쳤다고 보고했다.

운드워트는 기분이 나빴다.

"대체 왜 여기까지 싸돌아다니는 거야? 죽여 버리지 그랬나? 이제 기습은 불가능하게 됐군."

"죄송합니다, 장군님. 너무 갑작스럽게 당한 일인 데다 놈들이 너무 빨랐습니다. 장군님께서 어떻게 생각하실지 몰라서 추적은 하지 않았습니다."

"하든 말든 별 차이는 없어. 어차피 놈들이 뭘 하겠어. 우리가 온 줄 알았으니 손 놓고 있진 않겠지만."

운드워트는 토끼들 사이를 돌아다니며 살펴보고 격려하면서 이 상황에 대해 곰곰이 생각했다. 한 가지는 분명했다. 이젠 슬라일리와 그 무리가 방심한 틈을 타서 공격하기는 틀렸다. 하지만 놈들이 벌써부터 겁을 먹고 싸움을 포기하지는 않을까? 수토끼들이 목숨을 건지기 위해 암토끼들을 내놓을 수도 있다. 아니면 벌써 도망가고 있을지도 모른다. 그렇다면 당연히 지금 당장 추적해서 잡아야 한다. 상대는 팔팔하지만 이쪽 토끼들은 지쳐 있어서 멀리까지 추적하기 힘들기 때문이다. 당장 상황을 알아보기 위해 운드워트는 근처에서 풀을 뜯고 있는 목 표적반의 젊은 토끼 쪽으로 돌아섰다.

"이름이 시슬이지?"

"네, 시슬입니다, 장군님."

"그래, 잘됐다. 캠피언 대장을 찾아서 지금 당장 저 위쪽 노간주나무 있는 데로 오라고 일러. 어딘지 알겠나? 너도 같이 오너라. 서둘러. 시간이 없어."

운드워트는 캠피언과 시슬이 오자마자 언덕 마루로 데려갔다. 너도밤나무 숲은 어떤 상황인지 살펴볼 셈이었다. 적들이 달아나고 있다면 시슬을 보내 그라운드슬과 버베인더러 당장 토끼를 모두 이끌고 추적하라고 명령할 것이다. 그렇지 않을 경우에는 어떻게 공격하면 효과적일지 알아볼 셈이었다.

운드워트 일행은 골짜기 위쪽 오솔길에 이르자 눈을 찌르는 저녁 햇살 때문에 조심스럽게 나아갔다. 가벼운 서풍에 토끼 냄새가 실려 왔다.

운드워트가 말했다.

"도망친다 해도 멀리는 못 갔을 거다. 그런데 도망간 것 같지는 않군. 아무래도 마을 안에 있는 것 같다."

그때 풀밭에서 토끼 한 마리가 나타나 오솔길 한복판에 곧 추앉았다. 그 토끼는 잠시 가만히 있더니 이윽고 운드워트 쪽으로 다가왔다. 다리를 절고 있었으며 잔뜩 긴장한 채 결연한 표정을 짓고 있었다.

절름발이 토끼가 말했다.

"당신이 운드워트 장군이지요? 당신과 이야기하러 왔습니다."

운드워트가 물었다.

"슬라일리가 보냈나?"

"난 슬라일리의 친구입니다. 당신이 왜 이곳에 왔는지, 또 무엇을 바라는지 알고 싶습니다."

"너도 비 오던 날 강기슭에 있었나?"

"그렇습니다."

"그때 마무리 짓지 못한 일을 이제 매듭지을 작정이다. 너희를 쳐부수러 왔다."

"쉽지 않을걸요. 지금보다 적은 토끼를 데리고 돌아가게 될 겁니다. 서로 타협하는 게 좋습니다."

"좋아. 그렇다면 타협 조건은 이렇다. 너희는 에프라파에서 도망친 암토끼들을 모두 내놓고, 반역자 슬라일리와 블랙카바르를 우리 아우슬라에 넘긴다."

"그럴 순 없습니다. 당신 의견과 전혀 다르지만 서로에게 이로운 제안을 하겠습니다. 토끼는 귀도 두 개고 눈도 두 개고 콧구멍도 두 개입니다. 우리 두 마을도 그렇게 되어야 합니다. 싸우지 않고 함께 살아가야지요. 우리 마을과 에프라파 사이에 새 마을을 만들어서 양쪽 출신 토끼들이 모여 살게 합시다. 당신한테도 손해가 아니라 이득입니다. 양쪽 다 이익이지요. 지금 당신네 마을 토끼들은 불행합니다. 그런데도 당신은 억

누르는 일밖에 할 수가 없습니다. 하지만 이 계획대로 하면 달라질 겁니다. 토끼들은 어차피 적이 많습니다. 그러니 우리끼리 적이 되어서는 안 됩니다. 자유롭고 독립적인 두 마을의 짝짓기…… 어떻습니까?"

그 순간 석양에 물든 워터십 다운에서 운드워트 장군은 스스로 생각하듯이 자신이 앞날을 내다보는 비범한 지도자인지, 아니면 해적의 용기와 교활함을 가진 폭군에 지나지 않는지 판가름할 중요한 순간을 맞이했다. 맥박이 한 번 뛰는 동안, 절름발이 토끼가 제시한 미래상이 눈앞에 환하게 펼쳐졌다. 운드워트는 그것을 이해하고 의미를 깨달았다. 하지만 곧 그 생각을 떨쳐 버렸다. 해가 구름 속에 잠기자 언덕 마루의 오솔길이 또렷이 눈에 들어오면서, 그 길 끝에 있을 너도밤나무 숲과 그토록 전력을 기울여 준비한 복수극이 생각났다.

"그런 헛소리나 듣고 있을 시간 없다. 너희는 우리와 타협할 처지가 아니다. 더 이야기할 것도 없다. 시슬, 버베인 대장한테 모두 데리고 당장 올라오라고 해."

캠피언이 물었다.

"이 토끼는 어떻게 할까요? 죽일까요?"

"아니, 우리한테 물어보러 왔으니 답을 가지고 가야지. 가서 슬라일리한테 전해라. 내가 너희 마을에 도착할 때 슬라일리와 블랙카바르와 암토끼들이 나와서 기다리고 있지 않으면, 내일 니-프리스까지 수토끼들의 목을 다 찢어 놓겠다구."

절름발이 토끼가 뭐라고 대꾸하려 했지만, 운드워트는 이미 돌아서서 캠피언에게 작전 지시를 내리고 있었다. 절름발이 토끼가 돌아서 가는 모습에 누구 하나 눈길조차 주지 않았다.

44 엘-어라이라가 보낸 메시지

> 나서서 싸우지도 못하고 끝없이 기다리기만 하자니
> 더 이상 견딜 수 없을 지경이었다.
> 밤이고 낮이고 위에서 들려오는 곡괭이질 소리에 시달리며,
> 동굴이 무너지고 온갖 무시무시한 일이 일어나는 꿈을 꾸었다.
> 그들은 극도의 '농성(籠城) 심리'에 시달리고 있었다.
>
> 로빈 페든, 〈십자군 성〉

스피드웰이 말했다.

"헤이즐-라, 놈들이 이젠 땅을 안 파. 입구 쪽에 아무도 없나 봐."

깜깜한 벌집 속에서 헤이즐은 나무뿌리 사이에 웅크리고 있는 토끼 서너 마리를 밀치고 스피드웰에게 다가갔다. 스피드웰은 높직한 턱에 앉아 위에서 나는 소리를 듣고 있었다. 에프

라파 토끼들은 땅거미가 질 무렵 너도밤나무 숲에 도착하자마자 둔덕과 숲을 돌아다니며 마을의 크기와 굴 입구의 위치를 조사했다. 그들은 이렇게 좁은 지역에 굴 입구가 많은 것을 보고 놀랐다. 에프라파에서는 많은 토끼들이 아주 적은 수의 입구만 사용하기 때문이다. 처음에는 땅속에 아주 많은 토끼들이 숨어 있는 줄 알았다. 사방이 트이고 덤불도 없는 조용한 너도밤나무 숲도 어딘지 미심쩍어서 적이 숨어 있지 않을까 걱정하며 숲 바깥에서만 맴돌았다. 운드워트는 토끼들을 안심시켜 주어야 했다. 그래서 제대로 조직된 마을이라면 필요한 만큼만 굴길을 팔 텐데 이렇게 많이 파 놓은 걸 보면 바보들인 게 틀림없다고 했다. 이 얼간이들은 곧 실수했음을 깨달을 것이다. 굴길이 모두 뚫려 버리면 마을을 지킬 방법이 없어지니까. 하얀 새의 배설물이 숲에 흩어져 있긴 했지만 분명 오래된 것이었다. 새가 가까이 있는 기미는 전혀 없었다. 그런데도 에프라파 토끼들은 줄곧 신중하게 주위를 살폈다. 갑자기 언덕에서 댕기물새가 우는 바람에 토끼 한두 마리가 놀라서 달아났다가 지휘관에게 붙들려 오기도 했다. 폭풍 속에서 슬라일리를 위해 싸웠다던 새 이야기가 에프라파 토끼들에게 고스란히 전해져 새라면 겁을 먹고 있었다.

 운드워트는 캠피언에게 보초를 세우고 정찰을 돌라고 지시하고, 버베인과 그라운드슬에게는 막힌 굴을 뚫으라고 명령했다. 그라운드슬은 둔덕 쪽을 맡고 버베인은 나무뿌리들 사이로 구멍이 나 있는 숲으로 들어갔다. 막혀 있지 않은 굴은 금방 찾았다. 귀를 기울여 보아도 아무 소리도 들리지 않았다. 버베인은 적과 직접 싸우는 일보다는 포로 다루는 일을 주로 해 왔던 터라 부하 둘에게 굴로 내려가라고 명령했다. 훤히 뚫려 있는데도 소리 하나 들리지 않는 걸 보니, 불쑥 쳐들어가면 단번에 마을 한복판까지 점령할 수 있을 것도 같았다. 버베인의 명령을 받은 불쌍한 토끼들은 굴길이 넓어지는 곳에서 실버와 벅손과 맞닥뜨렸다. 그들은 흠씬 얻어맞고 물어뜯긴 뒤에야 간신히 밖으로 도망쳐 나왔다. 그 모습을 보고 사기가 꺾인 버베인 부대는 마지못해 땅을 파기는 했지만 달이 뜨기 전까지 별 진전이 없었다.

둔덕 쪽에서 일하던 그라운드슬은 직접 모범을 보여야겠다고 생각하고 앞장서서 부슬부슬한 굴길의 흙을 파냈다. 여름날 버터에 달라붙은 파리처럼 진득하게 흙을 파헤치는데 블랙카바르가 불쑥 나타나 목에 앞니를 박았다. 그라운드슬은 몸무게를 이용해 상대를 짓누르지도 못하고 비명을 지르며 발버둥 쳤다. 블랙카바르는 끈질기게 물고 늘어졌고, 에프라파 지휘관들이 다 그렇듯이 덩치 좋은 그라운드슬은 블랙카바르를 질질 끌고 나아가다가 겨우 뿌리쳤다. 블랙카바르는 입에 문 털을 내뱉고 나서 발톱을 세우고 달려들었다. 하지만 그라운드슬은 이미 사라지고 없었다. 더 심한 부상을 입지 않은 것만도 다행이었다.

운드워트는 막힌 굴길을 뚫고 들어가 마을을 점령하는 것이 몹시 어려운 일임을 확실히 깨달았다. 굴 몇 개를 파헤쳐서 동시에 공격해 들어간다면 성공할 가능성이 높지만, 남들이 당하는 것을 보고 난 병사들이 용감히 따라 줄지 의심스러웠다. 운드워트는 기습할 기회를 잃고 마을의 방어를 뚫고 들어갈 경우에 대해 충분히 생각해 보지 않았음을 깨달았다. 지금이라도 생각해야만 했다. 달이 떠오르자 운드워트는 캠피언을 불러 그 문제를 의논했다.

캠피언은 적이 굶주림을 견디다 못해 제 발로 나올 때까지 기다리자고 했다. 날이 따뜻하고 건조해서 이쪽 토끼들은 2, 3일쯤은 거뜬히 밖에서 지낼 수 있었다. 하지만 조바심이 난 운드워트는 퇴짜를 놓았다. 낮에 하얀 새가 나타날지도 몰라서 불안했던 것이다. 날이 밝기 전까지는 굴속에 진입해야 했다. 그런 남모르는 불안은 둘째 치고라도 전투를 해서 승리로 이끌어야만 위신이 선다고 생각했다. 아우슬라를 끌고 온 것도 다 이 토끼들을 때려눕히고 쳐부수기 위한 것이다. 포위 공격을 하면 위신이 땅에 떨어질 것이다. 게다가 되도록 빨리 에프라파로 돌아가고 싶었다. 군부 권력자들이 으레 그렇듯이 운드워트도 자기 뒤에서 무슨 음모가 진행되고 있지 않을까 늘 불안했다.

"내 기억으로는 우리가 너틀리 숲 마을의 주요 부분을 점령하고 전투가 거의 끝났을 때, 적 몇 놈이 작은 굴에 숨어서 버뤘던 일이 있었다. 난 놈들을 처리하라고 지시하고는 포로들을 끌고 에프라파로 돌아갔지. 그때 누가 어떻게 처리했는지 아나?"

캠피언이 말했다.

"맬로 대장이 지휘했습니다. 맬로 대장은 죽었지만 그 전투에 참가했던 병사들이 있을 겁니다. 제가 곧 찾아오겠습니다."

캠피언은 몸집이 크고 건장한 아우슬라 보초 래그워트를 데리고 돌아왔다. 래그워트는 처음에는 장군이 뭘 묻고 있는지 얼른 이해하지 못했다. 그러다가 마침내 1년도 더 전에 맬로 대장 밑에 있을 때 굴을 곧게 파 들어가라는 명령을 받았다고 했다. 결국 굴이 무너지면서 숨어 있는 토끼들 속으로 떨어졌고 그들과 싸워서 이겼다는 것이다.

"그래, 그 방법밖에 없겠군."

운드워트는 캠피언에게 말했다.

"모두가 교대로 땅을 파면 새벽이 되기 전에 굴속으로 진입할 수 있어. 보초들 두셋 정도만 세우고 당장 작업을 시작해."

잠시 뒤 벌집에 있던 헤이즐 무리는 위에서 흙을 파헤치는 소리를 들었다. 얼마 안 있어 두 군데서 땅을 파 들어오고 있음을 알 수 있었다. 한쪽은 벌집의 북쪽 끝으로, 얽힌 나무뿌리가 천장을 뒤덮고 있는 곳이었다. 그곳은 단단한 뿌리가 얽혀 있어서 무척 튼튼했다. 또 한 군데는 벌집 한가운데로, 남쪽 끝과 가까웠다. 남쪽 끝에는 흙 기둥이 줄지어 서 있어서 공간이 칸칸이 나뉘고 굴길이 나 있었다. 이 굴길들 너머로 속굴 몇 개가 있었다. 그중 하나에는 클로버가 풀과 나뭇잎을 쌓아 흙을 덮은 다음 배에서 뽑은 털을 깔아 놓고서, 갓 태어난 새끼들을 데리고 자고 있었다.

헤이즐이 말했다.

"흠, 에프라파 녀석들 고생 좀 하겠군. 잘된 일이야. 발톱이 무뎌지고 일이 끝나기도 전에 나가떨어질걸. 블랙베리, 어떻게 생각해?"

"나는 걱정이야. 북쪽 끝을 뚫고 들어오기는 힘들 거야. 천장도 두껍고 뿌리 때문에 시간이 많이 걸리겠지. 하지만 이쪽은 쉬워. 금방 파고 들어올걸. 그러면 천장이 무너지겠지. 어떻게 막아야 좋을지 나도 모르겠어."

헤이즐은 블랙베리가 떨고 있는 것이 느껴졌다. 땅 파는 소리가 계속되면서 공포가 굴 전체에 퍼지는 것이 느껴졌다.

빌더릴이 티수딘낭에게 속삭였다.

"우리를 에프라파로 다시 보내겠지. 에프라파 경찰이……."

하이젠슬라이가 말을 잘랐다.

"조용히 좀 해. 수토끼들도 가만히 있는데 우리가 지레 겁먹을 게 뭐 있니? 난 평생 에프라파에서 사느니 지금 이렇게 있는 게 좋아."

그것은 용감한 말이었고, 하이젠슬라이의 진심은 헤이즐한테만 전해진 것이 아니었다. 빅윅도 에프라파에서 하이젠슬라이에게 높은 구릉에 있는 마을 이야기를 들려주고 탈출은 분명히 성공할 거라고 안심시켜 주던 일이 떠올랐다. 어둠 속에서 빅윅이 헤이즐의 어깨를 쿡 찌르더니 굴 한쪽 구석으로 데리고 갔다.

"헤이즐, 우린 아직 끝나지 않았어. 그렇게 호락호락 끝나진 않는다구. 천장이 무너지면 놈들은 모두 이쪽으로 내려오겠지. 그럼 우리는 뒤쪽에 있는 속굴로 들어가서 굴길을 막아 버리는 거야. 놈들도 어쩌지 못할 거라구."

"흠, 그러면 좀 더 버틸 수는 있겠지. 하지만 일단 여기로 들어오면 속굴 정도는 금방 부수고 들어올 거야."

"들어오는 순간 나를 만나게 될걸. 내 옆엔 한둘쯤 더 있겠지. 놈들을 순순히 집으로 돌려보낼 순 없어."

헤이즐은 빅윅이 사실은 에프라파 토끼들의 공격을 기다리고 있음을 깨닫고 착잡한 질투심을 느꼈다. 빅윅은 자신이 잘 싸운다는 사실을 알고 있고 또 그 사실을 유감 없이 보여 줄 작정이었다. 다른 것은 생각하지 않았다. 이길 가능성이 없다는 사실 따위는 중요하지 않았다. 흙 파는 소리가 또렷이 들려올수록 빅윅은 어떻게 하면 자기 목숨을 가장 비싸게 팔 수 있을까만 생각했다. 하지만 달리 할 일도 없지 않은가? 빅윅의 제안에 따라 바쁘게 움직이다 보면 소리 없이 마을을 가득 채운 공포를 조금이나마 떨쳐 버릴 수 있을지도 모른다.

"네 말이 맞아, 빅윅. 그럼 조촐한 환영회를 준비해 볼까.

실버랑 다른 친구들한테 네 생각을 말하고 작업을 시작하자."

빅윅이 실버와 홀리에게 계획을 이야기하는 동안 헤이즐은 스피드웰을 벌집 북쪽 끝으로 보내 흙 파는 소리를 들어 보고 일이 얼마나 진척됐는지 보고하라고 지시했다. 사실 헤이즐은 벌집 북쪽 끝이든 한가운데든 어느 쪽이 무너지나 마찬가지라고 생각했다. 하지만 다른 토끼들 앞에서는 의연하게 대처하는 모습을 보여 주어야 했다.

홀리가 말했다.

"이 벽을 무너뜨려서 굴길을 막을 수는 없어, 빅윅. 이쪽 끝 천장은 이 벽들이 받쳐 주고 있잖아."

빅윅이 말했다.

"나도 알아. 뒤쪽에 있는 속굴 벽을 무너뜨릴 거야. 우리가 다 같이 들어가려면 어차피 속굴도 넓혀야 돼. 그러고 나서 무너진 흙으로 기둥 사이를 메우는 거야. 당장 시작하자."

에프라파에서 돌아온 뒤로 빅윅의 위치는 매우 높아졌다. 빅윅이 활기차게 나서자 다른 토끼들도 애써 두려움을 떨치고 빅윅이 시키는 대로 벌집 남쪽 끝에 있는 속굴을 넓혔다. 그러고는 굴길에 흙을 쌓아 기둥이 늘어선 복도를 단단한 벽으로 메웠다. 잠깐 쉬는 시간에 스피드웰이 달려와 북쪽 끝에서 땅 파는 소리가 그쳤다고 보고했다. 헤이즐은 그리로 가서 스피드웰 곁에 앉아 한동안 귀를 기울였다. 아무 소리도 들리지 않았다. 헤이즐은 다시 벅손이 지키고 있는 굴길로 갔다. 그곳은

'키하르의 굴길'로, 유일하게 뚫려 있는 곳이었다.

헤이즐이 말했다.

"무슨 일이 있었는지 알아? 놈들이 북쪽 끝은 온통 너도밤나무 뿌리로 뒤덮여 있다는 것을 알아차리고 포기했어. 이제 다른 쪽에 달라붙겠지."

"그렇겠군."

벅손은 그렇게 대꾸하고는 조금 있다가 말했다.

"헛간에서 쥐 떼 만난 일 기억나? 그때 우린 무사히 빠져나왔지. 하지만 이번에는 안 될 것 같아. 지금까지 고생한 걸 생각하면 슬픈 일이지."

"아니야, 우린 이겨 낼 수 있어."

헤이즐은 애써 자신 있게 말했다. 하지만 이곳에 계속 있다가는 더 이상 태연한 척하지 못할 것 같았다. 점잖고 솔직한 친구 벅손은 내일 니-프리스쯤이면 어디에 있게 될까? 내가 지금껏 애써서 친구들을 이끌어 온 곳은 어디인가? 우리는 결국 운드워트 장군 손에 죽기 위해 황무지를 지나고, 철사 덫을 피하고, 폭풍우와 큰 강을 지나왔던가? 이렇게 죽을 수는 없다. 우리가 지혜롭게 헤쳐 온 길이 이런 데서 끝나서는 안 된다. 그러나 운드워트를 어떻게 막는단 말인가? 우리를 구할 수 있는 것은 무엇일까? 아무것도 없다. 바깥에 있는 에프라파 토끼들에게 무시무시한 날벼락이라도 떨어지지 않는 다음에야. 하지만 그럴 가능성은 없다. 헤이즐은 벅손을 두고 돌아섰다.

사각, 사각, 사각. 머리 위에서 흙 파는 소리가 들렸다. 헤이즐은 어두컴컴한 벌집을 가로질러 가다가 한 토끼가 새로 쌓은 벽 앞에 가만히 웅크리고 있는 것을 알아차렸다. 헤이즐은 걸음을 멈추고 냄새를 맡았다. 파이버였다.

헤이즐이 건성으로 물었다.

"일 안 해?"

"응, 소리를 듣고 있어."

"땅 파는 소리?"

"아니, 그런 소리가 아냐. 무슨 소리인지 잘 모르지만 들으려고 애쓰고 있어. 다른 토끼들은 듣지 못하는 소리. 나한테도 들리지 않아. 하지만 가까워. 깊어. 나뭇잎이 떠내려가고 깊어. 나, 떠나고 있어, 헤이즐…… 떠나."

파이버의 목소리가 몽롱해지면서 점점 느려졌다.

"떨어진다. 추워. 추워."

어두운 굴의 공기가 숨이 막힐 듯 답답했다. 헤이즐은 축 늘어진 파이버를 코로 밀어 보았다.

파이버가 중얼거렸다.

"추워. 너무…… 너무…… 너무…… 너무 추워!"

긴 침묵이 흘렀다. 이윽고 헤이즐이 말했다.

"파이버? 파이버? 내 말 들리니?"

갑자기 파이버가 무시무시한 소리를 질렀다. 그 소리에 모두가 겁에 질려 펄쩍 뛰었다. 어떤 토끼도 낸 적 없고, 어떤 토끼도 낼 수 없는 소리였다. 전혀 토끼답지 않은 낮은 소리였다. 벽 너머에서 일하던 토끼들이 웅크린 채 벌벌 떨었다. 어디선가 암토끼가 비명을 질렀다.

파이버가 소리쳤다.

"이 더러운 놈들. 어떻게, 어떻게 너희가 감히? 나가, 나가! 나가, 나가!"

빅윅이 흙더미에서 불쑥 튀어나와 헉헉거리며 말했다.

"제발 그만두라고 해! 이러다간 다들 미쳐 버리겠어!"

헤이즐은 부들부들 떨면서 파이버의 옆구리를 꽉 잡았다.

"정신 차려! 파이버, 정신 차려!"

하지만 파이버는 깊은 무의식 상태에 빠져 있었다.

헤이즐의 마음속에 푸른 나뭇가지들이 휘청거리는 광경이 떠올랐다. 나뭇가지가 도리깨질하듯이 아래위로 흔들렸다. 뭔가 있었다. 나뭇가지들 사이로 뭔가 언뜻 보였다. 무얼까? 물이 느껴졌다. 그리고 공포. 한순간 새벽 강가에서 숲 속의 개 짖는 소리와 아우성치는 어치 소리에 귀를 기울이고 있는 한 무리의 토끼들이 또렷이 떠올랐다.

"내가 너라면 니-프리스까지 기다리지 않아. 지금 가야 해. 사실 너희도 가야 한다고 봐. 숲 속에 큰 개가 돌아다니고 있어. 큰 개가 돌아다니고 있다구."

바람이 불었다. 무수한 나뭇잎이 흔들렸다. 강은 사라졌다.

헤이즐은 컴컴한 벌집 안에서 꼼짝 않고 누워 있는 파이버를 사이에 두고 빅윅을 마주 보고 있었다. 흙 파는 소리가 더 크고 가깝게 들려왔다.

헤이즐이 말했다.

"빅윅, 당장 내 말대로 해 줘. 시간이 없어. 댄더라이언이랑 블랙베리를 데리고 키하르의 굴길 밑으로 와 줘. 빨리!"

굴길 밑에는 벅손이 여전히 제자리를 지키고 있었다. 파이버의 고함 소리에도 꿈쩍하지 않았지만, 숨이 가빠지고 심장이 빠르게 뛰고 있었다. 벅손과 세 토끼는 말없이 헤이즐 주위로 모여들었다.

헤이즐이 말했다.

"나한테 계획이 있어. 잘되면 운드워트를 영원히 끝장낼 수 있을 거야. 하지만 설명할 시간이 없어. 한시가 급해. 댄더라이언이랑 블랙베리는 나랑 같이 가자. 이 굴길로 곧장 올라가서 숲을 지나 언덕으로 나가. 그러고는 북쪽으로 가서 들판으로 내려가. 무슨 일이 있어도 멈추지 마. 난 너희보다 달리기가 늦을 거야. 언덕 기슭에 있는 철나무* 옆에서 기다려 줘."

블랙베리가 말했다.

"헤이즐……"

헤이즐이 빅윅을 돌아보며 말했다.

---

*철나무 : 전신주를 일컬음. −옮긴이

"우리가 떠나는 즉시 넌 이 굴길을 막고 네가 만든 벽 뒤로 모두 숨으라고 해. 놈들이 쳐들어오면 버티는 데까지 버텨 줘. 절대로 항복하지 마. 엘-어라이라가 살아날 방법을 가르쳐 줬어."

빅윅이 물었다.

"대체 어디 가려는 거야?"

"농장으로. 또 한 번 밧줄을 끊으러. 너희 둘은 날 따라와. 언덕 기슭에 도착할 때까지 절대로 멈추면 안 돼. 밖에서 놈들을 만나더라도 싸우지 말고 그냥 달리기만 해."

헤이즐은 더 이상은 말하지 않고 굴길을 올라가 숲으로 달려갔다. 블랙베리와 댄더라이언이 그 뒤를 바짝 쫓아갔다.

45 다시 너트행어 농장으로

> 약탈을 시작하라! 전쟁을 시작하라.
>
> 셰익스피어, 〈줄리어스 시저〉

그때 운드워트는 둔덕 아래 탁 트인 풀밭에 나와 자정이 지난 무렵의 어룽더룽한 노란 달빛 속에서 시슬과 래그워트를 마주하고 있었다.

"소리나 엿들으라고 너희들을 그 굴길에 세워 둔 게 아니야. 도망 나오는 놈을 잡으라고 세워 둔 거지. 무슨 일이 있어도 자리를 뜨지 말도록. 당장 돌아가."

시슬이 불만스럽게 말했다.

"정말입니다, 장군님. 저 안엔 토끼가 아닌 다른 동물이 있습니다. 저희 둘 다 분명히 들었다구요."

"냄새도 맡았나?"

"아닙니다. 발자국도 배설물도 없습니다. 하지만 그 소리는 토끼 소리가 아니었습니다."

땅을 파다 말고 모여든 몇몇 토끼들이 이야기를 듣고 있다가 수군거리기 시작했다.

"놈들한테는 맬로 대장을 죽인 홈바가 있어. 우리 형이 그 자리에 있다가 봤대."

"번갯불로 변하는 커다란 새도 있었어."

"강에서는 어떤 동물이 놈들을 데려가 주었어."

"그냥 돌아가면 안 될까?"

"그만두지 못해!"

운드워트가 소리를 버럭 지르며 토끼들에게 다가갔다.

"누가 그따위 소릴 지껄이냐? 너, 네가 했나? 좋다, 돌아가라. 당장 돌아가라고. 저쪽이 에프라파다, 저쪽으로 가면 돼."

지적받은 토끼는 움직이지 않았다. 운드워트는 천천히 주위를 돌아보았다.

"좋다. 돌아가고 싶은 놈들은 어서 가라. 꽤나 먼 길인데 지휘관도 없이 잘 가 보라구. 우린 모두 땅을 파느라 바쁘니까. 버베인 대장과 그라운드슬 대장은 나를 따라오게. 시슬은 캠피언 대장을 불러오고. 래그워트 넌 그 굴길 입구로 가서 무슨 일이 있어도 자리를 뜨지 말도록."

곧 땅 파는 작업이 다시 시작되었다. 운드워트가 예상한 것보다 더 깊이 팠지만 아직 무너질 기미는 보이지 않았다. 하지만 조금만 더 파 내려가면 빈 공간이 나타날 것 같았다.

운드워트가 말했다.

"계속해. 이제 조금만 더 파면 된다."

캠피언이 와서 토끼 셋이 언덕을 내려가 북쪽으로 도망쳤는데, 그중 하나는 그 절름발이 토끼인 듯하며, 뒤쫓아 가려다가 시슬이 전한 명령을 받고 그냥 돌아왔다고 보고했다.

운드워트가 말했다.

"상관없어. 내버려 둬. 세 놈쯤은 없어져도 돼. 아니, 왜 또 왔나?"

운드워트는 옆에 와 있는 래그워트를 보고 날카롭게 물었다.

"이번엔 무슨 일이야?"

"열려 있는 굴길 말입니다. 허물어지긴 했는데 안에서 막혀 있습니다."

"그렇다면 너도 쓸모 있는 일을 할 수 있겠군. 그 뿌리를 파네. 아니, 그것 말야, 이 멍청아."

땅파기가 계속되는 동안 어느덧 동쪽 하늘에서는 첫 빛줄기가 비쳐 오기 시작했다.

*

언덕 기슭에 있는 넓은 들판은 추수가 끝났지만, 짚단은 아직 태워지지 않은 채 시커먼 그루터기 위로 줄지어 서 있었다.

억센 줄기와 마디풀, 별봄맞이꽃, 꼬리풀, 삼색제비꽃 따위의 잡초들 위에 서 있는 짚단은 누르스름한 달빛을 받아 흐릿하게 보였다. 짚단들을 제외하면 밭은 언덕처럼 훤히 트여 있었다.

전신주가 있는 산사나무와 산딸기나무 숲을 빠져나오자 헤이즐이 입을 열었다.

"앞으로 어떻게 해야 할지 잘 알겠지?"

댄더라이언이 말했다.

"너무 어려운 일 아냐? 그래도 시도는 해 봐야겠지. 마을을 구하려면 그 방법밖에 없으니까."

"그럼, 어서 가자. 가는 길은 쉬워. 이제 추수가 끝났으니 거리가 반으로 줄어든 거나 마찬가지야. 숨을 데 찾지 말고 그냥 달려. 하지만 나를 너무 떨어뜨려 놓지는 마. 힘껏 달려 보긴 할 테니까."

토끼들은 댄더라이언을 앞장세우고 들판을 지나갔다. 도중에 메추라기 네 마리가 화들짝 놀라 서쪽 산울타리로 날아가서 그 너머 들판에 내려앉은 것 말고는 별다른 일이 없었다. 잠시 뒤 도로에 이르자 헤이즐은 가까운 둔덕 위 산울타리에 멈춰 섰다.

"블랙베리, 넌 여기서 기다려. 꼼짝 말고 엎드려 있어. 때가 되더라도 너무 빨리 뛰쳐나오지 마. 넌 우리 가운데 머리가 가장 좋아. 머리를 써. 계속 머리를 써서 행동해야 해. 언덕으로 돌아가면 키하르의 굴길로 들어가서 상황이 안전해질 때까지 가만히 있어. 어떻게 해야 되는지 확실히 알겠지?"

"응, 알았어. 그런데 여기서부터 철나무까지 쉬지 않고 뛰어야 할 것 같은데. 숨을 데가 하나도 없잖아."

"그래, 어쩔 수 없어. 정 안 되겠으면 산울타리로 들어갔다 나왔다 하면서 요령껏 피해 봐. 너 하고 싶은 대로 해. 지금 여기 앉아서 궁리할 시간 없어. 무조건 마을로 돌아와야 돼. 모든 게 너한테 달려 있어."

블랙베리는 가시나무 밑동의 담쟁이덩굴과 이끼 속에 숨었다. 나머지 두 토끼는 길을 건너 좁은 길 옆에 있는 헛간 쪽으로 올라갔다.

헛간을 지나 산울타리로 가면서 헤이즐이 말했다.

"저기엔 맛있는 뿌리들이 많은데 시간이 없는 게 안타까워. 이번 일만 끝나면 쥐도 새도 모르게 서리하러 와야겠다."

"그런 날이 왔음 좋겠다. 곧장 길을 따라 올라갈 거야? 고양이는 어떡하고?"

"이게 가장 빠른 길이야. 지금은 빨리 가는 게 가장 중요해."

그 무렵 동이 터 오면서 종달새 몇 마리가 하늘로 날아올랐다. 느릅나무들이 둥그렇게 모여 서 있는 곳에 다가가자, 다시금 머리 위에서 서걱거리는 소리가 들리고 노랗게 물든 나뭇잎이 팔랑거리며 도랑 언저리로 떨어졌다. 토끼들은 비탈 꼭대기에 이르러 눈앞에 있는 헛간과 뜰을 바라보았다. 사방에서 새들의 노랫소리가 들려오고 느릅나무 우듬지에선 당까마

귀가 울고 있었지만, 땅 위에는 참새 한 마리 돌아다니지 않았다. 앞쪽으로 농가가 있고 뜰 안쪽에 개집이 있었다. 개는 보이지 않았지만 개집 지붕 고리에 묶인 줄이 바닥으로 내려와 밀짚 깔린 개집 속으로 들어가 있었다.

헤이즐이 말했다.

"때맞춰 왔구나. 놈은 아직 자고 있어. 자, 댄더라이언, 실수하면 안 돼. 저기 개집 맞은편 풀밭에 엎드려 있어. 내가 줄을 갉아서 끊으면 줄이 툭 떨어질 거야. 개가 아프거나 귀머거리가 아니라면 그 소리에 깨겠지. 어쩌면 그 전에 깰 수도 있지만 그건 내가 알아서 조심할게. 넌 놈을 유인해서 도로까지 데려가. 넌 빨리 달리잖아. 개가 널 계속 쫓아갈 수 있게 신경 써. 산울타리를 이용해도 좋지만 개는 줄을 끌고 다닌다는 걸 잊지 마. 블랙베리가 있는 데까지 유인해. 그게 가장 중요해."

댄더라이언이 풀밭 언저리에 숨으면서 말했다.

"헤이즐-라, 우리가 다시 만나게 되면 최고의 이야깃거리가 될 거야."

"그 이야기를 들려줄 토끼는 바로 너고 말야."

헤이즐은 해 뜨는 쪽으로 빙 둘러 가서 농가 벽에 닿았다. 그러고는 벽을 따라 좁은 꽃밭을 들락거리며 조심스럽게 깡충깡충 뛰어갔다. 협죽초꽃, 재, 소똥, 개, 고양이, 닭, 고여 있는 물 냄새 등 온갖 냄새가 어지럽게 밀려들었다. 헤이즐은 목재 방부용 기름과 썩은 밀짚 냄새가 풍기는 개집 뒤로 갔다. 개집에는 밀짚 반 단이 세워져 있었다. 개의 잠자리에 깔아 줄 깨끗한 밀짚으로, 맑은 날이 계속되고 있어서 그냥 밖에 내놓은 모양이었다. 헤이즐로서는 행운이었다. 그렇지 않아도 개집 지붕에 어떻게 올라가나 걱정하고 있던 참이었다. 헤이즐은 짚단을 타고 올라갔다. 펠트 천이 덮인 지붕에 이슬 젖은 낡은 담요 쪼가리가 걸쳐 있었다. 헤이즐은 곧추앉아 냄새를 맡으며 담요 쪼가리에 앞발을 올려놓았다. 미끄럽지 않았다. 헤이즐은 지붕 위로 몸을 끌어 올렸다.

방금 이 소리가 들렸을까? 타르와 밀짚과 뜰에서 나는 냄새에 섞여 내 냄새도 강하게 풍길까? 헤이즐은 아래쪽에서 움직이는 기척이 있으면 당장이라도 뛸 준비를 하고 기다렸다. 아무 소리도 없었다. 무시무시한 개 냄새가 신경 하나하나에 대고 '도망가, 도망가.' 하고 외치며 공포스럽게 옥죄어 들어왔지만, 헤이즐은 밧줄 고리 쪽으로 살금살금 나아갔다. 발이 살짝 미끄러지자 그대로 멈추어 섰다. 여전히 아무런 기척이 없었다. 헤이즐은 웅크리고 앉아 굵은 줄을 갉기 시작했다.

일은 생각보다 쉬웠다. 굵기는 뗏배의 밧줄만 했지만 갉기가 훨씬 쉬웠다. 뗏배 밧줄은 비에 흠뻑 젖은 데다 잘 휘어지고 미끄럽고 질겼다. 하지만 개 줄은 겉만 이슬에 젖어 있을 뿐 속은 말라 있고 약했다. 금세 깨끗한 밧줄 속이 드러났다. 끌 같은 앞니로 조금씩 갉아 가자 마른 가닥들이 툭툭 끊어지는 것이 느껴졌다. 개 줄은 벌써 절반쯤 끊겼다.

바로 그때 아래쪽에서 덩치 큰 개가 움직이는 것이 느껴졌다. 개는 기지개를 쭉 켜고 몸을 부르르 떨더니 하품을 했다. 줄이 조금 움직이면서 밀짚이 바스락거렸다. 고약한 냄새가 물큰 피어올랐다.

'이젠 놈이 소리를 들어도 상관없어. 이 줄을 빨리 끊기만 하면 돼. 놈이 줄을 잡아당길 때 끊어지게만 해 놓으면, 놈은 댄더라이언한테 달려들 거야.'

헤이즐은 줄을 끊다가 잠시 한숨 돌리며 댄더라이언이 기다리고 있는 쪽을 바라보았다. 순간 눈이 휘둥그레진 채 그대로 얼어붙고 말았다. 댄더라이언 뒤쪽 풀밭에 가슴 털이 하얀 고양이가 눈을 동그랗게 뜨고 꼬리를 흔들며 웅크리고 있었다. 고양이는 헤이즐과 댄더라이언을 보았다. 고양이는 댄더라이언에게 조금 더 가까이 다가갔다. 댄더라이언은 헤이즐이 시킨 대로 가만히 앉아 개집만 열심히 바라보고 있었다. 고양이가 금방이라도 뛰어오를 듯이 몸을 긴장시켰다.

헤이즐은 자기도 모르게 지붕 위에서 발을 굴렀다. 두 번 발을 구른 다음 땅바닥으로 뛰어내려 도망치려고 돌아섰다. 댄더라이언은 즉각 풀밭에서 뛰어나와 자갈길로 달려갔다. 그와 동시에 고양이도 펄쩍 뛰어 댄더라이언이 웅크리고 있던 자리를 덮쳤다. 개는 컹컹 짖으며 밖으로 뛰어나오더니 댄더라이언을 보자마자 줄을 끌어당기며 뛰쳐나가려고 했다. 줄이 팽팽해지더니 실처럼 가늘게 남은 부분이 뚝 끊어졌다. 개집이 왈칵 당겨져 앞으로 기울더니 쿵 하고 뒤로 넘어졌다. 헤이즐은 균형을 잃은 채 담요에 매달려 있다가 발 디딜 곳을 잃고 지붕 언저리로 떨어졌다. 다친 다리 쪽으로 쿵 하고 떨어져 누운 채 발길질을 해 댔다. 개는 사라지고 없었다.

헤이즐은 발길질을 멈추고 가만히 누워 있었다. 뒷다리 쪽에 심한 통증이 느껴졌지만 움직이지 못할 정도는 아니었다. 뜰 건너편 창고 밑에 숨을 만한 곳이 있다는 사실이 떠올랐다. 조금만 가면 창고 밑에 숨어 도랑 쪽으로 갈 수 있을 것이다. 헤이즐은 앞발을 짚고 일어났다.

그때 무언가 옆구리를 후려치더니 헤이즐을 꽉 내리눌렀다. 등이 찌르르 아팠다. 뒷다리를 힘껏 내질렀지만 아무것도 없었다. 헤이즐은 고개를 돌렸다. 고양이가 헤이즐 몸 위로 올라타고 있었다. 고양이 수염이 귀를 스쳤다. 햇빛을 받아 동공이 가늘게 수축된 커다란 초록색 눈이 헤이즐을 노려보고 있었다.

고양이가 빈정거렸다.

"뛸 수 있어? 못 뛸걸."

46 불굴의 전사 빅윅

> 여러분, 맹공격이 시작되었습니다. 어디 누가
> 더 오래 공격하는지 두고 봅시다.
>
> 웰링턴 공작 (워털루에서)

그라운드슬은 가파른 통로를 기어 올라와 구덩이 위쪽에 있는 운드워트에게 갔다.

"다 팠습니다, 장군님. 이제 누가 내려가기만 하면 바로 무너질 겁니다."

"밑에 뭐가 있는지 아나? 굴길인가, 굴인가?"

"분명히 굴입니다. 아주 넓은 것 같습니다."

"몇 놈이나 있는 것 같나?"

"아무 소리도 안 납니다. 우리가 들어가면 공격하려고 숨죽이고 있는지도 모르지요."

"지금까지는 이렇다 할 공격이 없었지. 한심한 놈들. 굴속에 꽁꽁 숨어 있기나 하고, 몇 놈은 밤을 타 도망이나 치고. 금방 해치울 수 있을 게다."

"하지만 장군님……."

운드워트는 그라운드슬을 바라보며 다음 말을 기다렸다.

"하지만…… 그 동물이 공격해 올 겁니다. 뭔지는 모르지만 말입니다. 래그워트는 허튼 상상을 할 토끼가 아닙니다. 오히려 그런 쪽으론 둔감하지요."

그라운드슬은 운드워트가 잠자코 있자 덧붙여 말했다.

"만일에 대비하자는 뜻입니다."

마침내 운드워트가 입을 열었다.

"흠, 만약 어떤 동물이란 게 있다면 그놈도 나 역시 동물이라는 걸 알게 될 거야."

운드워트는 캠피언과 버베인이 여러 토끼들과 함께 기다리고 있는 둔덕으로 나왔다.

"이제 힘든 일은 다 끝났다. 저 아래쪽 일만 끝나면 곧바로 암토끼들을 데리고 에프라파로 돌아갈 것이다. 작전은 다음과 같다. 내가 천장을 무너뜨리고 아래쪽 굴로 들어가겠다. 셋만 나를 따른다. 너무 북적거리면 헷갈려서 우리끼리 싸우게 될지도 모르니까. 버베인, 둘을 데리고 내 뒤를 따르라. 문제가 생기면 우리가 해결한다. 그라운드슬은 이 통로에 대기하고 있도록. 알겠나? 명령이 있을 때까지 뛰어들지 말라. 우리가 위치와 상황을 제대로 파악하게 되면 몇 마리 더 들여보내라고 하겠다."

아우슬라 토끼들은 운드워트를 신뢰했다. 운드워트가 마치 민들레를 찾으러 가듯 태연하게 앞장서서 적진 깊숙이 들어가겠다고 하자 지휘관들의 사기도 하늘로 치솟았다. 싸우지 않고도 항복을 받아 낼 수 있을 것 같았다. 너틀리 숲의 마지막 공격에서도 장군이 굴에 들어가 토끼 세 마리를 죽이고 나자 더 이상 맞서겠다고 나서는 자가 없었다. 그 전날 바깥쪽 굴길에서 격렬한 싸움이 있긴 했지만.

운드워트가 말했다.

"좋다. 이제 모두 제자리를 지키도록. 캠피언, 자네가 잘 단속하게. 그리고 우리가 안에서 막힌 굴길 하나를 뚫는 즉시 그쪽을 점령하게. 모두 여기 모여 있다가 내가 신호를 보내면 재빨리 들여보내고."

캠피언이 말했다.

"무운을 빕니다, 장군님."

운드워트는 귀를 납작 붙이고서 굴로 뛰어 들어가 통로를 타고 내려갔다. 무슨 소리가 들릴까 하고 머뭇거리지 않기로 했다. 단숨에 쳐들어가기로 한 이상 무슨 소리가 나든 말든 상관없었다. 주춤거리는 기색을 보인다거나 버베인에게 머뭇거릴 틈을 주지 않는 게 더 중요했다. 그리고 아래쪽에 적이 있다면 운드워트가 다가오는 소리를 듣고 준비할 틈을 주지 말아야 한다. 아래쪽에 굴길이나 굴이 있을 것이다. 다짜고짜 싸움부터 할 수도 있고, 주위를 둘러보고 위치를 파악할 시간이 있을 수도 있다. 어느 쪽이든 상관없었다. 중요한 건 적을 찾아내 죽이는 일이다.

운드워트는 통로 끝에 닿았다. 그라운드슬 말대로 웅덩이에 낀 살얼음처럼 얇디얇은 백토와 자갈과 부슬부슬한 흙이 깔려 있었다. 앞발로 긁어 보았다. 약간 눅눅한 흙은 잠시 그대로 있더니 곧 무너져 내렸다. 부서져 내리는 흙과 함께 운드워트도 밑으로 뛰어내렸다.

운드워트는 자기 키만 한 높이 아래로 떨어지자 그곳이 굴임을 깨달았다. 내려서자마자 뒷다리로 걸어차고는 바로 앞으로 뛰어나갔다. 버베인이 뒤따라오도록 자리를 내주고 등 뒤에서 공격을 받기 전에 얼른 벽을 등지고 돌아서기 위해서였다. 부드러운 흙더미가 닿자 굴에 연결된 막힌 굴길 끝이 틀림없다고 생각하며 돌아섰다. 곧 버베인이 다가왔다. 누군지는 모르지만 그다음 토끼는 곤란을 겪고 있는 듯했다. 흙더미 속에서 버둥거리는 소리가 들렸다.

운드워트가 날카롭게 말했다.

"이쪽이다."

묵직한 체중에 힘이 센 고참 토끼 선더가 비틀거리며 곁으로 왔다.

운드워트가 물었다.

"무슨 일인가?"

"아무것도 아닙니다. 죽은 토끼가 있어서 잠시 놀랐을 뿐입니다."

"죽은 토끼? 죽은 게 확실해? 어디 있나?"

"저깁니다, 통로 옆에."

운드워트는 재빨리 다가갔다. 통로에서 떨어진 흙과 자갈 더미 건너편에 수토끼가 꼼짝 않고 누워 있었다. 운드워트는 냄새를 맡고 코로 눌러 보았다.

"죽은 지 얼마 안 됐군. 몸은 식었지만 굳진 않았어. 자넨 어떻게 생각하나, 버베인? 토끼들은 굴속에서 죽지 않는데."

"아주 작은 수토끼군요. 아마 우리랑 싸우는 걸 반대하고 나섰다가 다른 토끼들한테 죽음을 당했는지도 모르죠."

"아니, 그건 아냐. 몸에 상처 하나 없어. 아무튼 내버려 둬. 우린 할 일이 있으니까. 이렇게 작은 놈은 살았든 죽었든 별 상관 없어."

운드워트는 코를 킁킁거리며 벽을 따라갔다. 막힌 굴길 입구 두 개를 지나 굵은 뿌리들 사이로 탁 트인 곳에서 걸음을 멈추었다. 에프라파 장로회 굴보다 훨씬 더 큰 굴이었다. 공격해 올 기미가 안 보이자 당장 토끼들을 더 불러들여 이 공간을 유리하게 활용하기로 했다. 운드워트는 재빨리 아까 들어온 통로 밑으로 갔다. 뒷다리로 서서 앞발을 허물어진 입구에 간신히 걸쳤다.

"그라운드슬!"

위에서 그라운드슬이 대답했다.

"네, 장군님."

"내려와. 넷을 더 데리고. 이쪽으로 뛰어 내려와."

운드워트는 살짝 비켜 주며 말했다.

"바닥에 죽은 토끼가 있다. 놈들 중 하나다."

운드워트는 적이 언제든지 공격해 오리라 예상했지만 주위는 조용하기만 했다. 운드워트가 답답한 공기 냄새를 맡으며 귀를 기울이는 동안 토끼 다섯 마리가 하나씩 굴로 내려왔다. 운드워트는 그라운드슬을 동쪽 벽에 있는 막힌 두 굴길로 데려갔다.

"되도록 빨리 이 굴길을 뚫어라. 그리고 토끼 둘을 보내서 저쪽 나무뿌리 뒤에 뭐가 있는지 알아봐. 적이 공격해 오면 자네가 당장 합세하도록."

그라운드슬이 부하들에게 지시를 내리고 있는데 버베인이 말했다.

"벽이 이상합니다. 대부분은 한 번도 판 적이 없는 단단한 흙으로 되어 있는데 한두 군데에 부드러운 흙이 쌓여 있습니다. 원래는 굴길이었는데 아주 최근에, 아마도 엊저녁쯤에 막아서 벽으로 만든 것 같습니다."

운드워트와 버베인은 조심스럽게 벌집의 남쪽 벽을 따라가면서 발톱으로 긁고 귀를 기울여 보았다.

"자네 말이 맞는 것 같군. 안쪽에서 무슨 기척이 있었나?"

"네, 바로 이 근처입니다."

"이 부드러운 흙더미를 무너뜨려야겠군. 토끼 둘을 붙여. 내 짐작대로 벽 뒤에 슬라일리가 있다면 곧 일이 터지겠지. 놈이 우리한테 달려들면 바로 우리 뜻대로 되는 거야."

선더와 시슬이 흙을 파기 시작하자 운드워트는 뒤에 웅크리고 앉아 조용히 기다렸다.

*

벌집 천장이 무너지기 전부터 빅윅은 에프라파 토끼들이 남쪽 벽의 부드러운 흙더미 부분을 찾아내는 것이 시간문제임을 알고 있었다. 머지않아 거기를 뚫고 들어올 것이다. 그러면 싸워야 한다. 아마도 운드워트와 정면으로 싸워야 할 것이다. 운드워트가 바짝 다가와서 몸무게를 이용해 덤비면 이길 가망이 거의 없다. 어떻게든 운드워트를 기습해서 처음부터 부상을 입혀야 한다. 하지만 어떻게?

빅윅은 홀리와 의논했다.

홀리가 말했다.

"곤란하게도 이 마을은 방어를 고려해서 만들지 않았어. 스레아라가 그러던데 예전 마을에서는 방어용으로 슬랙 런을 파 놓았다더군. 비상시에 적의 발 밑에 숨어 있다가 불쑥 튀어나와 공격하는 거지.”

빅웍이 외쳤다.

“바로 그거야! 좋은 생각이야! 이 막힌 굴길 바닥을 파고 들어가서 숨어 있을게. 네가 흙으로 덮어 줘. 이 근처는 흙이 워낙 많이 파헤쳐져 있어서 눈에 안 띌 거야. 위험하긴 하지만 가만히 서서 운드워트 같은 놈을 상대하는 것보다는 나아.”

“놈들이 다른 쪽에서 뚫고 들어오면?”

“이쪽으로 오도록 네가 유인해. 벽 뒤쪽에서 놈들 소리가 나면 너도 소리를 내. 내가 숨어 있는 곳 바로 위에서 긁거나 파헤치는 소리를 내라구. 무슨 짓을 해서라도 놈들의 주의를 끌어. 자, 땅 파는 것 좀 도와줘. 실버, 너는 지금 당장 모두 벌집에서 나오게 한 다음 이 벽을 완전히 막아 버려.”

핍킨이 말했다.

“빅웍, 파이버가 안 일어나. 아직도 벌집 한복판에 누워 있어. 어떻게 하지?”

“지금은 어쩔 수 없어. 안됐지만 두고 가야 해.”

핍킨이 외쳤다.

“아, 빅웍, 나도 파이버랑 같이 있을게! 나 하나쯤은 없어도 되니까 내가 파이버를…….”

홀리는 애써 상냥하게 말했다.

“흘라오-루, 파이버만 잃고 이 시련에서 벗어난다면, 프리스 님이 우릴 위해 싸워 주신 걸 거야. 미안하지만 안 돼. 더 말하지 마. 우린 네가 필요해, 누구라도 필요하다구. 실버, 핍킨도 다른 친구들이랑 같이 데려가 줘."

그리하여 운드워트가 벌집 천장에서 뛰어내릴 즈음, 빅윅은 이미 클로버의 굴에서 멀지 않은 남쪽 벽 안쪽 흙 속에 숨어 있었다.

*

선더는 부러진 뿌리 조각에 이빨을 박고 잡아당겼다. 순식간에 흙이 무너지면서 입구가 드러났다. 더 이상 벽은 없었다. 두두룩한 흙더미가 굴길을 반쯤 막고 있을 뿐이었다. 조용히 기다리고 있던 운드워트는 흙더미 저편에서 상당히 많은 토끼들의 냄새와 기척을 알아차렸다. 이제는 그들이 넓은 굴로 뛰쳐나와서 공격해 왔으면 싶었다. 하지만 적들은 전혀 움직이지 않았다.

운드워트는 싸움에 임할 때 세심하게 계산하지 않았다. 인간이나 늑대처럼 큰 동물은 보통 자기편과 상대편의 수를 파악하고 그에 따라 싸울지 말지와 어떻게 싸울지를 결정한다. 하지만 운드워트는 그럴 필요를 한 번도 느끼지 못했다. 지금까지 전투 경험을 통해 배운 것은, 싸우고 싶어 하는 상대와 내키진 않지만 어쩔 수 없이 싸우는 상대가 있다는 것뿐이다. 운드워트는 혼자서 싸워 많은 토끼들을 휘어잡은 적이 여러 번 있었다. 몇 안 되는 충성스러운 지휘관들의 도움으로 거대한 마을을 손아귀에 넣기도 했다. 운드워트는 지금 부하들이 대부분 밖에 있다는 사실을 염두에 두지도 않았고, 생각했더라도 문제가 되지 않는다고 여겼을 것이다. 자기 곁에 있는 토끼 수가 벽 너머에 있는 토끼들보다 적으며, 그라운드슬이 굴길을 뚫어야만 여기서 빠져나갈 수 있다는 생각은 하지도 않았다. 그런 조건 따위는 전사들한테 대수롭지 않았다. 중요한 것은 잔인성과 공격성이었다. 운드워트가 아는 것은 벽 너머에 있는 적들이 자기를 두려워하고 있으며, 그런 점에서 자신이 유리하다는 사실이었다.

운드워트가 말했다.

"그라운드슬, 굴길을 뚫는 대로 캠피언에게 모두 내려 보내라고 해. 너희는 날 따라와. 모두 내려오기 전에 우리 손으로 이 일을 끝내 놓자구."

운드워트는 그라운드슬이 굴 북쪽 끝 나무뿌리들 사이를 뒤지고 있는 토끼 둘을 데려올 때까지만 기다렸다. 그러고는 버베인이 뒤따르는 가운데 흙더미를 기어올라 좁은 굴길로 밀고 들어갔다. 어둠 속에서 암토끼 수토끼 한 무리의 냄새와 함께 바스락거리는 소리가 났다. 앞쪽에 수토끼 둘이 있었는데, 운드워트가 무너진 흙더미를 헤치고 나아가자 뒤로 물러났다. 운드워트가 앞으로 몸을 날리는데 갑자기 발 아래 흙이 움직였다. 다음 순간 토끼 하나가 발치의 흙 속에서 튀어나와 운드워트의 왼쪽 앞다리를 힘껏 물었다.

운드워트는 몸무게를 이용하여 거의 모든 싸움에서 이겨 왔다. 토끼들은 운드워트를 막지 못했고 한번 깔리면 일어나지 못했다. 이번에도 운드워트는 몸으로 밀어붙였지만 뒷다리가 부슬부슬 무너지는 흙을 딛고 있는 탓에 제대로 힘을 받지 못했다. 뒷다리로 곤추서면서 보니, 발 밑에 있는 적은 제 몸통만 한 구덩이 속에 웅크리고 있었다. 운드워트가 발을 휘두르자 발톱이 적의 등과 엉덩이를 깊게 할퀴고 지나가는 것이 느껴졌다. 다음 순간 상대 토끼는 운드워트의 어깨 밑을 문 채 뒷다리를 구덩이 벽에 대고 몸을 위로 솟구쳤다. 앞발이 모두 땅에서 떨어진 운드워트는 흙더미 위로 내던져졌다. 세차게 발길질을 했지만 적은 이미 어깨를 놓고 멀찍이 떨어져 있었다.

운드워트는 일어섰다. 왼쪽 앞다리 안쪽에서 피가 흐르는 것이 느껴졌다. 힘줄이 상해서 그쪽 다리에는 체중을 온전히 실을 수가 없었다. 하지만 운드워트의 발톱에도 자기 것이 아닌 피가 묻어 있었다.

버베인이 뒤에서 물었다.

"괜찮습니까, 장군님?"

"당연히 괜찮지, 이 멍청아. 바짝 붙어서 따라와."

앞쪽에서 상대 토끼의 목소리가 들렸다.

"언젠가 나더러 잘 보이라고 했지, 장군. 이만하면 훌륭하지 않은가?"

"언젠가 널 내 손으로 죽이겠다고 했지. 이제 하얀 새는 없다, 슬라일리."

운드워트는 한 발 더 가까이 다가섰다.

빅윅은 일부러 약올리고 있었다. 운드워트가 달려들면 다시 한 번 물어뜯을 속셈이었다. 하지만 땅바닥에 찰싹 엎드려 기다리는 동안 영리한 운드워트가 그런 꼬임에 넘어오지 않으리란 사실을 깨달았다. 늘 새로운 상황에 재빠르게 대처하는 운드워트답게 그 역시 땅바닥에 몸을 붙이고 천천히 다가왔다. 겁에 질린 빅윅은 운드워트의 기척에 귀를 기울이다가 공격할 만한 거리까지 다가오는 발소리를 들었다. 빅윅은 본능적으로 물러나면서도 그 발소리가 이상하다는 것을 느꼈다.

'그래, 왼쪽 앞다리를 끌고 있어. 그쪽 다리를 제대로 못 쓰는 거야.'

빅윅은 오른쪽 옆구리를 드러내면서 운드워트의 왼쪽을 공격했다.

빅윅의 발톱이 운드워트의 다리를 비스듬히 찢었다. 하지만 빅윅이 물러나기 전에 운드워트가 빅윅을 덮치더니 곧이어 이빨로 오른쪽 귀를 물었다. 빅윅은 납작 깔린 채 비명을 지르며 몸부림쳤다. 운드워트는 적이 무기력하게 공포에 떨고 있음을 느끼자 귀를 놓고는 목덜미를 찢으려고 몸을 일으켰다. 한순간 거대한 운드워트가 굴길을 가로막고 쓰러진 빅윅을 굽어보며 우뚝 서 있었다. 하지만 다음 순간 다친 앞다리가 휘청하면서 비틀비틀 벽에 부딪혔다. 그 틈을 타서 빅윅이 운드워트의 얼굴을 두 차례 후려쳤다. 세 번째 공격은 운드워트가 뒤로 펄쩍 물러나는 바람에 수염만 스쳤다. 흙더미 위에서 거친 숨소리가 또렷이 들려왔다. 빅윅은 등과 귀에서 피를 철철 흘리면서도 용감하게 한 발짝도 물러나지 않았다. 어느 순간 위쪽에 웅크리고 있는 운드워트의 검은 형체가 희미하게 드러났다. 무너진 벌집 천장으로 첫새벽 빛이 스며들고 있었다.

47 하늘도 숨을 죽이다

> 늙은 황소가 고개를 숙이고 나에게 다가온다.
> 그러나 나는 움찔하지 않았다. ……
> 나는 황소에게 다가갔다. 오히려 움찔한 것은 황소였다.
>
> 플로라 톰프슨, 〈종달새가 날아오르다〉

헤이즐이 발을 구르자 댄더라이언은 본능적으로 풀밭에서 펄쩍 뛰어나왔다. 굴이라도 있었다면 당장 그리로 뛰어들었을 것이다. 댄더라이언은 아주 짧은 순간 자갈길을 살펴보았다. 그때 개가 달려오자 획 돌아서 창고 쪽으로 달렸다. 하지만 곧 창고 밑에 숨어서는 안 된다는 사실을 깨달았다. 그렇게 되면 개는 쫓아오다가 말 것이다. 인간이 개를 도로 불러들이기 십상이니까. 어서 뜰을 빠져나가 개를 도로로 유인해야 했다. 댄더라이언은 방향을 바꿔 느릅나무 쪽으로 뛰었다.

개는 뜻밖에도 바짝 뒤쫓아왔다. 개의 거친 숨소리와 발 밑에서 자갈 퉁겨 나가는 소리가 들려왔다.

'놈은 너무 빨라! 이러다간 붙잡히겠어!'

개는 금방이라도 댄더라이언을 덮쳐 나뒹굴게 한 다음 등을 물어 숨통을 끊어 놓고 말 것이다. 댄더라이언은 산토끼들이 따라잡힐 듯 말 듯 한 순간이면 민첩하게 돌아서 오던 길을 되짚어가는 방법으로 개를 따돌린다는 사실을 알고 있었다.

댄더라이언은 필사적으로 생각했다.

'나도 그렇게 해야 돼. 하지만 놈이 나를 쫓아 길을 오르락내리락하는 동안 인간이 나타나서 부르면 어떡하지? 아니면 놈이 쫓아올 수 없게 산울타리로 들어가야 하는데, 그랬다가는 모든 계획이 실패로 돌아가고 말 거야.'

댄더라이언은 둔덕을 넘어 외양간 쪽으로 내려갔다. 헤이즐에게 지시를 받았을 때에는 개가 쫓아오도록 앞장서서 달리면 되겠거니 했다. 하지만 지금은 오로지 살기 위해서 뛰었고, 오래 못 버티는 줄 알면서도 죽을힘을 다해 달렸다.

실제로 댄더라이언이 외양간까지 300미터 가량을 뛰는 데는 30초도 안 걸렸다. 하지만 외양간 입구에 있는 밀짚 더미에 이르렀을 때는 그 시간이 영원처럼 느껴졌다. 헤이즐이랑 농가 뜰에 있었던 것이 까마득한 옛일 같았다. 평생 동안 등 뒤에서 쫓아오는 개의 숨결을 느끼며 공포에 질린 채 달려온 것 같았다. 외양간 문 안쪽에서 큼직한 쥐가 쪼르르 지나가자 개가 잠시 멈춰 섰다. 댄더라이언은 그 틈에 가까운 헛간에 들어가 다짜고짜 짚더미 아래쪽 두 짚단 사이로 뛰어들었다. 짚단 사이가 좁아서 어렵사리 몸을 돌려야 했다. 개가 곧 뒤쫓아와 낑낑거리며 짚단 아래쪽을 따라 냄새를 맡으면서 미친 듯이 긁어대고 지푸라기가 날리도록 짚단을 헤집었다.

바로 옆에 있는 짚단에서 젊은 쥐가 말했다.

"가만있어. 금방 가. 개는 고양이랑 달라."

댄더라이언은 흰자위를 드러내며 헐떡거렸다.

"그게 문제야. 개는 날 쫓아와야 돼. 한시가 급하단 말야."

쥐가 어리둥절해서 물었다.

"뭐? 무슨 소리?"

댄더라이언은 대답도 없이 다른 짚더미로 옮겨 가서 잠시 마음을 다잡고는 다시 뛰쳐나가 뜰을 가로질러 반대편 헛간으로 달렸다. 문이 열려 있어서 곧장 헛간으로 들어가 판자로 둘러쳐진 뒤쪽으로 갔다. 판자 끝이 부서져 생긴 틈으로 빠져나와 들판으로 나왔다. 개가 뒤따라와서 판자 틈으로 고개를 내밀고 몸을 밀어 대며 격렬하게 짖어 댔다. 헐거워진 판자가 차츰 뚜껑처럼 위로 젖혀지면서 개가 빠져나왔다.

댄더라이언은 탁 트인 들판을 지나 도로 옆 산울타리로 달려갔다. 속도가 느려지는 것이 느껴졌지만, 그건 개도 마찬가지였다. 댄더라이언은 산울타리 가운데 무성한 곳을 뚫고 지나가 도로를 건넜다. 저편 둔덕에서 블랙베리가 댄더라이언을 보고 달려왔다. 댄더라이언은 지칠 대로 지쳐 도랑 속으로 들어갔다. 개는 6미터도 안 떨어진 산울타리 뒤쪽에서 뚫고 나올 곳을 찾지 못해 헤매고 있었다.

댄더라이언이 숨을 몰아쉬며 말했다.

"생각보다 훨씬 빨라. 하지만 나 때문에 힘이 많이 빠졌어. 난 더 못해. 어디 가서 숨어야겠어. 난 할 만큼 했어."

블랙베리는 잔뜩 겁을 먹은 표정이었다.

"프리스 님, 도와주소서! 난 도저히 못할 거야!"

댄더라이언이 재촉했다.

"어서 가, 놈이 흥미를 잃기 전에. 나도 곧 따라가서 도울게."

블랙베리는 천천히 도로로 뛰어나가 곧추앉았다. 개는 블랙베리를 보고 컹컹 짖어 대며 온몸에 힘을 실어 산울타리로 돌진했지만 뚫고 나오지 못했다. 양쪽 도로 가에는 산울타리에서 도로로 나올 수 있는 출입문이 마주 보고 서 있었다. 블랙베리는 천천히 도로를 따라 자기 쪽 출입문으로 다가갔다. 건너편 산울타리 뒤에 있던 개도 블랙베리와 평행선을 이루며 쫓아왔다. 블랙베리는 개가 자기 쪽 출입문을 보고 뛰어가는 것을 확인하자 곧바로 돌아서서 둔덕을 올라갔다. 그러고는 그루터기만 남은 들판으로 가서 개가 다시 나타나기를 기다렸다.

한참이 지났다. 드디어 개가 출입문을 지나 도로를 건너 들판으로 나왔지만 블랙베리에게는 아무런 관심도 보이지 않았다. 개는 둔덕 기슭을 따라 킁킁거리며 다니기도 하고, 들메추라기를 보고 겅중겅중 쫓아가기도 하고, 참소리쟁이 풀숲을 헤집고 돌아다니기도 했다. 블랙베리는 겁에 질린 나머지 한동안 꼼짝도 못했다. 그러다가 될 대로 되라는 심정으로 모르는 척하면서 개 쪽으로 천천히 뛰어갔다. 개는 당장 쫓아오더니 이내 흥미를 잃은 듯 다시 땅에 코를 박고 킁킁거리며 돌아다녔다. 블랙베리가 어쩔 줄 몰라 하고 있는데, 드디어 개가 끊어진 목 줄을 질질 끌며 밭으로 들어왔다. 개는 줄줄이 늘어선 짚단 옆을 슬렁슬렁 돌아다니며 찍찍거리는 소리나 바스락거리는 소리가 날 때마다 짚단을 덮치곤 했다. 블랙베리는 밀짚단 뒤에 숨어서 나란히 개를 따라갔다. 그렇게 해서 언덕 기슭까지 절반이 남은 지점인 전신주에 이르렀다. 거기서 댄더라이언이 블랙베리를 따라잡았다.

"너무 느려, 블랙베리! 빨리 가야 해. 빅윅이 죽었을지도 몰라."

"느리긴 하지만 언덕 쪽으로 가고 있잖아. 처음부터 개가 나를 쫓아오질 않았다구. 우리가……."

"개가 빠르게 언덕으로 뛰어 올라오지 않으면 기습 공격이 안 돼. 자, 나랑 함께 유인해 보자. 일단 개 앞으로 나가야 해."

두 토끼는 재빨리 밭을 지나 나무들 쪽으로 다가갔다. 그러고는 돌아서서 개가 훤히 볼 수 있도록 앞쪽을 가로질러 갔다. 개도 이번에는 당장 쫓아왔고, 두 토끼가 언덕 기슭 덤불숲에 도착했을 무렵 개하고의 거리는 10미터도 채 안 되었다. 언덕을 오를 때 개가 딱총나무 덤불을 헤치며 쫓아오는 소리가 들렸다. 개는 컹 하고 짖고는, 숨지도 않고 달아나는 토끼들을 쫓아 가파른 언덕을 오르기 시작했다.

*

피가 빅윅의 목을 타고 앞다리로 흘러내렸다. 빅윅은 흙더미 위에 웅크리고 있는 운드워트가 언제라도 덤벼들리라 예상하며 잠시도 눈을 떼지 않고 지켜보았다. 뒤에서 누군가 움직이는 기척이 들렸지만, 굴길이 좁아서 뒤를 돌아보지 못했다. 어차피 위험해서 돌아볼 상황도 아니었다.

"다들 괜찮아?"

홀리가 대답했다.

"응, 괜찮아. 빅윅, 이제 나랑 교대하자. 넌 쉬어야 해."

빅윅이 헐떡거리며 말했다.

"안 돼. 내 옆으로 지나갈 자리가 없어. 더구나 내가 물러서면 저놈이 따라올 거야. 그러면 굴 안을 마음대로 휘젓고 다니게 돼. 나한테 맡겨 둬. 내가 알아서 할게."

빅윅은 이렇게 좁은 굴길에서는 자기 시체도 큰 장애물이 될 거라고 생각했다. 에프라파 토끼들은 시체를 끌어내거나 그 주위의 땅을 파서 돌아가야 할 테니까 시간을 더 끌 수 있었다. 뒤쪽 굴에서 블루벨이 암토끼들에게 이야기를 들려주는 소리가 들렸다.

빅윅은 생각했다.

'그래, 잘하고 있어. 암토끼들을 행복하게 해 줘. 여기 있는 내 몫까지.'

"그러자 엘-어라이라가 여우에게 말했어.

'여우 냄새가 나는 걸 보니 넌 여우일지도 모르지만, 난 물속에서 네 미래를 점칠 수 있다.'"

운드워트가 갑자기 입을 열었다.

"슬라일리, 왜 목숨을 버리려고 하나? 지금이라도 마음만 먹으면 팔팔한 토끼를 하나씩 들여보내 너와 싸우게 할 수도 있어. 하지만 넌 죽이기가 아깝다. 에프라파로 가자. 네가 원한다면 어떤 표적반의 대장이라도 시켜 주마. 약속한다."

빅윅이 대답했다.

"실플레이 흐라카, 우 엠블리어라."

"여우가 대답했어.

'하하, 점을 친다구? 그럼 물속에 뭐가 보이는가, 친구여? 투실투실 살찐 토끼들이 풀밭에서 뛰어다니는 모습이지, 그렇지?'"

운드워트가 말했다.

"좋아. 하지만 기억해라, 슬라일리. 너만 원한다면 언제든지 이 쓸데없는 짓을 그만둘 수 있다는 걸."

"엘-어라이라가 대답했어.

'아니, 물속에 보이는 건 살찐 토끼가 아니야. 우리의 적이 날쌘 사냥개들한테 쫓겨서 죽어라고 도망치는 광경이지.'"

빅웍은 자기가 죽든 살든 이 굴길 안에서는 큰 장애물이라는 사실을 운드워트도 잘 알고 있음을 깨달았다.

'놈은 내 발로 나가기를 바라는군. 하지만 내가 여기서 갈 곳은 에프라파가 아니라 인레다.'

갑자기 운드워트가 앞으로 몸을 날려 나무에서 떨어지는 가지처럼 빅웍의 정면에 내려섰다. 운드워트는 발톱을 쓰지 않았다. 엄청난 몸무게를 이용해 가슴으로 빅웍의 가슴을 힘껏 밀었다. 둘은 상대의 어깨를 물어뜯었다. 빅웍은 자기가 천천히 밀려나는 것이 느껴졌다. 그 엄청난 힘을 당해 낼 수가 없었다. 발톱을 바짝 세운 뒷다리가 밀리면서 바닥에 긴 고랑이 패었다. 곧 온몸이 뒤쪽 굴로 밀려 들어갈 것이다. 빅웍은 물고 있던 운드워트의 어깨도 놓고 마치 짐을 나르기 위해 힘을 쓰는 말처럼 고개를 떨군 채 어떻게든 버티려고 마지막 힘을 짜내었다. 그래도 자꾸만 밀리고 있었다. 어느 순간 아주 서서히, 그 무시무시한 힘이 줄어들기 시작했다. 빅웍은 발톱을 세워 단단히 버티고 섰다. 빅웍의 등에 이빨을 박고 있던 운드워트는 숨이 막혀서 코를 킁킁거렸다. 빅웍은 모르고 있었지만, 아까 빅웍의 발길질에 운드워트의 코가 찢어진 것이다. 운드워트는 콧속이 피로 흥건한 데다 입은 빅웍을 물고 있었던 탓에 숨 쉬기가 곤란했다. 다음 순간 운드워트는 물고 있던 빅웍을 놓았다. 빅윅은 완전히 녹초가 되어 그 자리에 뻗어 버렸다. 곧 일어나려 했지만 현기증이 몰려오면서 나뭇잎이 가득 찬 도랑에서 데굴데굴 구르는 느낌이 들었다. 빅윅은 눈을 감았다. 잠시 아무 소리도 나지 않더니, 긴 풀밭에서 파이버가 했던 말이 귓가에 또렷이 들려왔다.

"나보다 네가 더 죽음에 가까워. 나보다 네가 더 죽음에 가깝다구."

"철사 덫!"

빅윅은 비명을 질렀다. 그러고는 벌떡 일어나 눈을 떴다. 굴길은 텅 비어 있었다. 운드워트는 사라지고 없었다.

*

운드워트는 새벽 빛이 희미하게 비쳐 드는 벌집으로 기어 나왔다. 난생 처음 느껴 보는 지독한 피로감이 몰려왔다. 버베인과 선더가 어쩔 줄 몰라 하는 표정으로 바라보고 있었다. 운드워트는 엉덩이를 깔고 앉아 앞발로 얼굴을 닦았다.

"슬라일리는 더 이상 골치를 썩이지 못할 거야. 버베인, 들어가서 놈을 끝장내 버려. 제 발로 기어 나오진 않을 테니까."

"저보고 슬라일리와 싸우라는 말씀이십니까, 장군님?"

"잠시만 상대하고 있어. 다들 불러다가 한두 군데 파서 이 벽을 무너뜨려라. 그때 되면 다시 오겠다."

버베인은 있을 수 없는 일이 벌어진 것을 깨달았다. 장군이 최악의 상황에 몰린 것이다. 장군은 지금 다른 토끼들이 모르도록 이 일을 덮어 두라고 말하고 있는 것이다.

버베인은 생각했다.

'대체 이게 어떻게 된 거지? 분명한 건 처음 에프라파에서 둘이 만났을 때부터 슬라일리가 우세했던 거야. 그러니 빨리 돌아갈수록 좋아.'

버베인은 운드워트의 옅은 눈동자와 마주치자 한순간 머뭇거리더니 흙더미로 기어 올라갔다. 운드워트는 그라운드슬에게 뚫어 놓으라고 지시한 동쪽 벽 아래쪽 두 굴길로 절뚝거리며 다가갔다. 두 굴길 모두 입구가 뚫려 있고, 땅을 파는 토끼들은 보이지 않을 만큼 깊숙이 들어가 있었다. 운드워트가 다가가자 그라운드슬은 굴길 안으로 물러나 튀어나온 뿌리에 발톱을 닦았다.

운드워트가 물었다.

"어떻게 돼 가고 있나?"

"이 굴길은 뚫렸지만 저쪽은 아무래도 더 있어야 할 것 같습니다. 단단히 막혀 있거든요."

"하나면 돼. 밖에 있는 우리 편이 내려올 수 있기만 하면 되니까. 더 불러다가 저쪽 끝 벽을 무너뜨리게."

운드워트가 굴길로 올라가려는데 버베인이 옆에 와 있었다. 순간 운드워트는 버베인이 슬라일리를 죽였다고 보고하러 온 줄 알았다. 하지만 다시 보니 그게 아니었다.

"저…… 저…… 제 눈에 모래가 들어가서요. 모래만 빼면 다시 가 보겠습니다."

운드워트는 잠자코 벌집 한구석으로 갔다. 버베인이 따라왔다.

운드워트가 버베인의 귀에 대고 말했다.

"겁쟁이 놈. 내 권위가 끝장나고 반나절만 지나 봐, 네놈이 어떻게 되어 있을지. 넌 에프라파에서 가장 악명 높은 지휘관 아니었나? 그놈은 죽여야 해."

운드워트는 다시 흙더미로 기어올랐다. 그러다가 동작을 멈추었다. 버베인과 시슬은 뒤에서 목을 빼고 내다보다가 왜 그런지 알았다. 슬라일리가 굴길을 기어와 흙더미 바로 밑에 웅크리고 있었다. 텁수룩한 머리털에 온통 피가 엉겨 있고 귀는 반쯤 찢겨 늘어져 있었다. 빅윅은 가쁜 숨을 몰아쉬었다.

"여기서 날 밀어내는 건 훨씬 더 힘들걸, 장군."

운드워트는 놀랍게도 자신이 겁을 먹고 있음을 깨닫고는 무지근한 피로를 느꼈다. 다시는 슬라일리와 싸우고 싶지 않았다. 운드워트는 인정하기 괴롭지만 자신이 공격하지 못하리라는 사실을 잘 알고 있었다. 그러면 누구일까? 누가 슬라일리를 상대할 수 있을까? 아무도 없다. 다른 방법으로 들어갈 수밖에 없다. 그렇게 되면 운드워트가 왜 이쪽 길을 포기하게 됐는지 다들 알아 버릴 것이다.

"슬라일리, 우리는 이리로 들어오는 굴길을 뚫었다. 이제 곧 우리 병사들이 네 군데서 이 벽을 무너뜨릴 것이다. 이제 그만 나오지 그래?"

슬라일리는 가쁜 숨을 몰아쉬면서도, 나직하지만 더없이 또렷하게 대답했다.

"우리 족장 토끼가 나더러 이 굴길을 지키라고 했으니, 다른 지시가 내려질 때까지 여기서 한 발짝도 물러나지 않겠다."

"족장 토끼?"

버베인이 눈이 휘둥그레져서 물었다.

지금까지 운드워트도 지휘관들도 슬라일리가 이 마을 족장 토끼라고 믿어 의심치 않았다. 하지만 슬라일리의 말을 듣는 순간 금방 납득이 갔다. 슬라일리의 말은 사실인 것 같았다. 그리고 슬라일리가 족장 토끼가 아니라면 어딘가 가까이에 더 강한 토끼가 있다는 이야기였다. 슬라일리보다 강한 토끼, 그 토끼는 어디 있을까? 지금 이 순간 무엇을 하고 있을까?

운드워트는 뒤에 있던 시슬이 사라진 것을 알아차렸다.

"그 젊은 친구 어디 갔나?"

버베인이 대답했다.

"도망친 것 같습니다, 장군님."

"막았어야지. 잡아와."

그러나 잠시 뒤에 나타난 것은 그라운드슬이었다.

"죄송합니다, 장군님. 시슬은 굴길로 올라가 버렸습니다. 전 장군님께서 내보내신 줄 알았습니다. 그렇지 않았다면 뭐 하러 올라가는지 물었을 겁니다. 제 부하 한둘도 그 녀석과 함께 간 것 같습니다. 무슨 일인지 저도 모르겠습니다."

"지금부터 자네가 할 일을 가르쳐 주지. 따라와."

운드워트는 이제 어떻게 해야 할지 알았다. 밖에 있는 부하들을 모두 땅속으로 내려 보내 벽 사이의 막힌 굴길을 모조리 뚫게 해야 한다. 슬라일리는 지금 있는 곳에 내버려 두고, 놈에 대해서는 되도록 말을 안 하는 편이 낫다. 더 이상 좁은 굴길에서 싸워서는 안 되며, 무시무시한 족장 토끼가 나타나면 널찍한 굴로 끌어내어 사방에서 공격해야 한다.

운드워트는 다시 돌아서서 굴을 가로질러 가려다가 그 자리에 멈춰 서서 뭔가를 응시했다. 뚫린 천장으로 비쳐 드는 희미한 빛을 받으며 한 토끼가 서 있었다. 에프라파 토끼는 아니고 모르는 토끼였다. 몸집이 아주 작았는데, 처음 땅 위로 나와 본 새끼 토끼처럼 눈이 휘둥그레진 채 자기가 어디에 있는지 전혀 모르겠다는 듯 열심히 주위를 두리번거리고 있었다. 토끼는 떨리는 앞발을 들어 더듬더듬 얼굴을 쓸었다. 순간 운드워트의 기억 속에서 오래 전의 어떤 느낌이 불현듯 스치고 지나갔다. 채소밭에 있는 축축한 양배추 냄새, 오래 전에 잊혀지고 사라져 버린 한가롭고 포근한 장소.

"저놈은 대체 누구냐?"

그라운드슬이 대답했다.

"저, 저기 누워 있던 토끼인가 봅니다, 장군님. 아까는 죽은 것 같았는데 말입니다."

"아, 그놈이야? 버베인, 자네 표적반에 들어가면 되겠군. 저 정도면 자네도 상대할 수 있지 않을까. 어서 해 보지."

운드워트가 빈정거리자, 버베인은 장군의 말이 진심인지 아닌지 가늠하기 힘들어 머뭇거렸다.

"빨리 끝내고 와."

버베인은 천천히 굴을 가로질러 갔다. 아무리 버베인이라도 경멸 섞인 조롱에 끽소리 못하고 자기 몸집의 절반밖에 안 되는, 산 상태에 빠진 토끼를 죽이는 일은 마뜩치 않았다. 작은 토끼는 도망치거나 방어하려 들지도 않고 커다란 눈망울로 가만히 버베인을 쳐다보기만 했다. 그 눈빛은 괴로움에 차 있었지만 결코 패자나 희생양의 눈빛은 아니었다. 그 눈길 앞에서 버베인은 엉거주춤 멈추어 섰고, 둘은 한동안 희미한 빛 속에서 서로를 뚫어지게 바라보았다. 이윽고 그 이상한 토끼는 조금도 두려워하지 않고 아주 조용히 말했다.

"넌 참 안됐구나. 하지만 우리를 탓하진 마. 너희가 우리를 죽이러 온 거니까."

"탓한다고? 무엇 때문에 탓해?"

"너희의 죽음을 말야. 정말이지 너희가 죽는다는 게 안타까워."

버베인은 포로들이 죽기 전에 저주를 퍼붓거나 협박하는 것을 수없이 보아 왔다. 개중에는 폭풍우 속에서 빅윅이 운드워트에게 퍼부은 저주처럼 버베인에게 초자연적인 복수를 하겠다고 저주하는 놈도 적지 않았다. 버베인이 그런 말에 눈 하나 깜작했다면 오늘날 아우슬라파 우두머리에 오르지도 못했을 것이다. 사실 버베인은 그런 끔찍한 처지에 놓인 토끼가 어떤 악담을 퍼붓더라도 아무렇지 않게 비아냥거릴 수 있었다. 하지만 살육전을 기대하며 긴 밤을 보낸 끝에 처음으로 본 적의 눈을, 이 불가사의한 적의 눈을 바라보고 있노라니 공포가 엄습해 왔다. 마치 숨을 곳 하나 없는 땅에 내리는 매서운 눈발처럼 부드러우면서도 매몰찬 작은 토끼의 말에 두려움이 와락 밀려들었다. 그늘진 낯선 굴 구석구석마다 악의에 찬 유령들이 수군거리고 있는 듯하고, 몇 달 전 에프라파 도랑에서 죽어간 토끼들의 목소리가 되살아났다.

버베인은 소리를 질렀다.

"날 내버려 둬! 날 놓아줘! 날 놓아 달라구!"

버베인은 비틀거리며 뚫린 굴길을 찾아 올라갔다. 굴길 꼭대기에는 운드워트가 있고, 그 앞에는 땅을 파던 그라운드슬의 부하가 눈이 하얗게 뒤집어진 채 부들부들 떨면서 이렇게 말하고 있었다.

"오, 장군님, 이 굴의 족장 토끼는 산토끼보다 크답니다. 그리고 이상한 동물 소리까지……."

"닥쳐! 당장 날 따라와, 어서."

운드워트는 햇빛에 눈을 깜박이며 둔덕으로 나갔다. 여기저기 풀밭에 흩어져 있던 토끼들이 잔뜩 겁에 질린 눈으로 운드워트를 바라보았다. 몇몇 토끼는 눈앞에 있는 토끼가 정말 운드워트 장군인지 의심스러웠다. 장군의 코와 한쪽 눈꺼풀은 찢어지고, 얼굴은 온통 피투성이였다. 장군은 왼쪽 앞다리를 질질 끌면서 이리 비틀 저리 비틀 둔덕에서 내려왔다. 운드워트는 탁 트인 풀밭으로 나와 주위를 휘둘러보았다.

"자, 이제 마지막 일만 남았다. 오래 걸리지 않을 거다. 저 아래에 벽 같은 것이 있다."

운드워트는 사방에서 두려움과 거부감을 느끼고 말을 멈추었다. 래그워트를 보니 눈을 피해 버린다. 두 토끼가 슬금슬금 풀밭 가장자리로 물러난다.

운드워트는 그들을 불러 세웠다.

"지금 뭐 하고 있는 건가?"

한 토끼가 대답했다.

"아무것도 아닙니다. 저희는 그저……."

그때 캠피언 대장이 숲 모퉁이를 돌아 쏜살같이 뛰어왔다. 그 너머 탁 트인 언덕에서 외마디 비명 소리가 들렸다. 동시에 낯선 토끼 두 마리가 둔덕을 뛰어올라 숲으로 들어가서 막힌 굴길들 가운데 하나로 사라졌다.

캠피언이 발을 구르며 외쳤다.

"도망가! 살고 싶으면 빨리 도망가!"

캠피언은 그들을 지나 언덕 너머로 사라졌다. 에프라파 토끼들은 그 말이 무슨 뜻인지, 어디로 도망쳐야 할지도 모른 채 이리저리 흩어졌다. 다섯은 뚫린 굴길로 뛰어들고 몇몇은 숲으로 뛰어들었다. 하지만 토끼들이 채 달아나기도 전에 시커먼 개가 뛰어들어 닭장에 들어온 여우처럼 입을 쩍쩍 벌리며 이리저리 토끼들을 쫓아다녔다.

운드워트만이 그 자리를 떠나지 않았다. 부하들이 모두 뿔뿔이 흩어져 달아나는데도 운드워트는 털을 곤두세우고 피투성이 송곳니와 발톱을 드러낸 채 으르렁거렸다. 개는 거친 풀밭에서 갑자기 운드워트와 딱 마주치자 움찔했다. 그러나 곧 운드워트에게 덤벼들었다. 아우슬라 토끼들은 정신없이 도망을 치고, 운드워트는 분노에 가득 차서 고함을 질렀다.

"돌아와, 이 멍청이들아! 개는 위험하지 않아! 와서 싸워!"

48 흐루두두를 타고 온 여신

> 근심 걱정 없던 젊은 시절, 농장에서 살던 시절.
> 헛간들 사이에서 이름을 날리고 행복한 뜰에서 노래 불렀네.
> 젊기만 한 태양 아래서 ……
> 딜런 토머스, 〈양치류가 자라는 언덕〉

루시가 눈을 떠 보니 방이 환했다. 커튼이 쳐 있지 않아 루시가 베개 위에서 고개를 움직일 때마다 여닫이창에서 반사된 햇빛이 나타났다 사라졌다 했다. 느릅나무에서 산비둘기가 울었다. 그러나 루시를 깨운 건 다른 소리였다. 세면대에서 물이 빠져나가듯 꿈이 사라질 즈음 날카로운 소리가 들려왔다. 개 짖는 소리였는지도 모른다. 그러나 지금은 유리창에서 햇빛이 반짝이고 산비둘기 소리만 들릴 뿐 사방은 고요했다. 마치 어떤 그림을 그릴지 모르는 상태에서 커다란 도화지에 첫 붓질을 하는 듯한 기분이 들었다. 화창한 아침이었다. 지금쯤 버섯이 나왔을까? 지금 일어나서 들판에 나가 볼까? 아직 날씨가 건조하고 뜨거워서 버섯이 잘 자랄 만한 때가 아니었다. 버섯은 검은딸기와 비슷하다. 비가 한 번 내려야 잘 자란다. 곧 비가 내리고 등에 하얀 십자 무늬가 있는 큰 거미들이 산울타리에 나타날 것이다. 언젠가 루시가 선생님에게 보여 드리려고 거미를 성냥갑에 담아 스쿨 버스에 탔을 때 제인 퍼콕이 버스 뒷자리로 도망가 버린 일도 있었다.

거미, 버스에 탄 거미,
바보 같은 제인 때문에 소동이 일어났네,
거미는 선생님 앞에서 시험을 치렀네.

이제는 햇빛이 눈에 비쳐 들지 않았다. 해가 더 높이 떠오른 것이다. 오늘은 무슨 일이 일어날까? 목요일이니까 뉴버리에 장이 설 것이다. 아빠는 장에 가시겠지. 의사 선생님은 엄마를 보러 오실 것이다. 코에 꽉 끼는 우스꽝스러운 안경을 쓰고서 말이다. 그래서 의사 선생님 콧등 양 언저리에는 늘 안경 자국이 있다. 바쁘지 않으면 엄마와 이야기도 나누시겠지. 처음 볼 때는 약간 우스꽝스럽지만 알고 나면 참 좋은 분이다.
갑자기 날카로운 소리가 다시 한 번 들렸다. 그 소리는 깨끗한 바닥에 뭔가 엎질러진 것처럼 이른 아침의 정적을 찢었다.

겁에 질려 필사적으로 내지르는 비명 소리였다. 루시는 침대에서 팔짝 뛰어내려 창가로 달려갔다. 뭔지 몰라도 바로 창 밖에서 나는 소리였다. 루시는 숨 막힐 정도로 배를 창턱에 걸친 채 다리를 대롱거리며 몸을 한껏 내밀었다. 고양이 탭이 창 아래 개집 옆에 있었다. 뭔가를 잡고 있었는데, 그렇게 비명을 지르는 것으로 보아 쥐인 것 같았다.

"탭! 탭! 뭘 잡았니?"

날카로운 루시의 목소리에 고양이는 고개를 들었다가 도로 먹이를 쳐다보았다. 쥐가 아니라 토끼가 개집 옆에 모로 누워 있었다. 상태가 상당히 나빠 보였다. 토끼는 마구 발버둥을 치더니 다시 한 번 비명을 질렀다.

루시는 잠옷 바람으로 계단을 뛰어내려가 현관문을 열었다. 그러고는 허둥지둥 자갈길을 뛰어 꽃밭을 지나갔다. 개집에 가 보니 앞발로 토끼의 목을 내리누르고 있던 고양이가 고개를 들고 루시에게 으르렁거렸다.

"탭, 저리 가! 못된 것! 어서 놓아줘!"

루시는 귀를 찰싹 붙이고 할퀴려 드는 고양이를 탁탁 때렸다. 루시가 다시 손을 쳐들자 고양이는 그르렁거리며 1미터쯤 달아나다가 멈추어 서서 부루퉁하게 돌아보았다. 루시는 토끼를 안아 올렸다. 토끼는 잠시 버둥거리다가 바짝 긴장한 채 루시의 품에 안겼다.

"가만, 가만히 있어. 해치지 않을 테니까."

루시는 토끼를 안고 집으로 들어왔다.

"그게 뭐냐?"

루시의 아버지가 저벅저벅 장화 소리를 내며 다가왔다.

"아니, 너 맨발이잖니! 그리고 대체 그건 뭐냐?"

루시는 변명하듯이 말했다.

"토끼예요."

"게다가 잠옷 바람이라니. 그러다 독감이라도 걸리면 어쩔래. 그건 뭐 할 거냐?"

"기르려고요."

"안 돼!"

"아, 아빠. 귀엽잖아요."

"아무 쓸모도 없어. 토끼장에 넣어 봤자 금방 죽을 거야. 야생 토끼는 못 키운다. 게다가 토끼장에서 나오면 온갖 못된 짓을 다 할 거야."

"다쳤어요. 고양이한테 잡혔다구요."

"고양이는 제 할 일을 한 거야. 끝까지 맡겨 뒀어야 하는데."

"의사 선생님한테 보여 드릴 거예요."

"토끼 같은 게 아니라도 의사 선생님은 바쁘신 분이야. 이리 다오."

루시는 울기 시작했다. 루시는 어릴 때부터 농장에서 살았기 때문에 아버지가 하는 말이 모두 다 옳다는 것을 알고 있었다. 하지만 잔인하게 토끼를 죽인다고 생각하니 속상했다. 사실 루시는 그 토끼를 살려서 어떻게 해야겠다는 생각은 없었다. 그저 의사에게 보이고 싶을 뿐이었다. 루시는 의사 선생님이 자기를 썩 괜찮은 시골 소녀로 생각한다는 것을 알고 있었다. 루시가 방울새 알이나 잼 단지 속에서 날아다니는 작은멋쟁이나비나 오렌지 껍질처럼 보이는 곰팡이들을 찾아서 보여 주면, 의사 선생님은 그것들을 진지하게 보아 주고 말할 때에도 어른을 대하듯이 말해 주었다. 다친 토끼를 보여 주면서 어떻게 하면 좋겠느냐고 의논하는 일은 무척 어른스러울 것이다. 하지만 아버지가 허락을 할지 안 할지 모르겠다.

"의사 선생님한테 보여 드리기만 할게요. 정말이지 나쁜 짓 못하게 할게요. 의사 선생님하고 얘기하는 게 좋단 말예요."

루시의 아버지는 자기 딸이 의사와 친하게 지내는 것을 은근히 자랑스러워했다. 루시는 총명한 아이였다. 다들 루시가 중학교에 충분히 갈 수 있을 거라고들 했다. 의사 선생님도 루시가 가져오는 것들을 보면 상당히 똑똑한 아이인 것 같다는 말을 한두 번 했다. 그런데 이번에는 피 흘리는 토끼다. 어차피 토끼를 풀어 놓지만 않는다면 별 탈은 없을 것이다.

아버지가 말했다.

"철없이 굴지 말고 할 일을 해야지. 옷 입고 와서 토끼는 헛간에 있는 낡은 새장에 넣어 둬라. 네가 사랑앵무 키우던 새장 말야."

루시는 울음을 그치고서 토끼를 안고 위층으로 올라갔다.

토끼는 옷장 서랍에 넣어 두고 옷을 입은 다음 새장을 가지러 나갔다. 돌아오는 길에 개집 뒤에 있는 밀짚을 가져오려고 걸음을 멈추었다. 아버지가 헛간에서 나오며 물었다.

"밥 못 봤니?"

"개집에 없어요?"

"줄을 끊고 도망갔나 보다. 줄이 낡은 건 알았지만 녀석이 끊을 줄은 몰랐구나. 어쨌든 오늘 아침엔 뉴버리에 다녀오마. 녀석이 돌아오면 잘 묶어 둬라."

"제가 찾아볼게요. 이제 엄마한테 아침 갖다 드려야겠어요."

"그래, 착하다. 네 엄만 금방 건강해질 거다."

애덤스 의사 선생님은 10시가 조금 넘어서 도착했다. 루시는 여느 때보다 늦게 침대를 정리하고 방 청소를 했다. 좁은 길 꼭대기에 있는 느릅나무 아래서 차가 멈추는 소리가 들렸다. 루시는 왜 오늘은 집 앞까지 차를 몰고 오지 않는지 궁금해하며 마중을 나갔다. 의사 선생님은 차에서 내려 뒷짐을 지고 서서 좁은 길을 내려다보다가 루시를 보고는 늘 그렇듯 쑥스러움이 담긴 무뚝뚝한 말투로 불렀다.

"어…… 루시야."

의사 선생님은 코안경을 벗어 양복 조끼 주머니에 넣었다.

"저거 너희 개냐?"

래브라도 개가 줄을 질질 끌면서 올라오고 있었다. 지친 기색이 뚜렷했다. 루시는 개 줄을 붙들었다.

"줄을 끊고 나갔어요. 무척 걱정했는데."

개는 애덤스 선생님 신발에 코를 대고 킁킁거렸다.

"싸움을 한 모양이다. 뭐가 코를 심하게 할퀴었어. 다리도 물린 것 같고."

"무엇일까요, 선생님?"

"글쎄, 큰 쥐인 것 같기도 하고 담비인 것 같기도 하고. 뭔가에게 덤벼들었다가 한바탕 싸웠나 본데."

"오늘 아침에 토끼가 생겼어요. 살아 있는 들토끼예요. 고양이한테 잡혀 있었는데 다친 거 같아요. 한번 봐 주실래요?"

"글쎄, 케인 부인부터 봐야 할 것 같구나."

루시는 의사 선생님이 '너네 엄마'라고 하지 않아서 좋았다.

"그러고 나서 시간이 있으면 한번 보자."

20분 뒤 애덤스 의사 선생님이 루시가 숨죽여 안고 있는 토끼를 두 손가락 끝으로 여기저기 살며시 눌러 보았다.

"큰 문제는 없는 것 같구나. 부러진 데도 없고. 뒷다리가 좀 이상하지만 예전에 다친 건지 이젠 다 나았어. 처음처럼 멀쩡하진 않겠지만. 고양이가 여기를 할퀴었지만 별거 아니야. 조금 있으면 괜찮아질 거다."

"그래도 기를 수는 없겠죠, 선생님? 우리에다 말이에요."

"그럼, 안 되지. 야생 토끼는 우리에 갇혀서는 못 살아. 갇혀 있으면 금방 죽는단다. 이 불쌍한 녀석을 놓아주는 게 어떻겠니? 잡아먹을 생각이 없다면 말이다."

루시는 쿡 웃었다.

"하지만 이 근처에다 풀어 주면 아빠가 화내실 거예요. 토끼는 한 마리만 있어도 금방 백 마리로 불어난다고 하시거든요."

애덤스 선생님은 얄팍한 회중시계를 꺼내더니 원시라서 멀찍이 두고 보며 말했다.

"그럼 이렇게 하자. 난 이제 콜 헨리에 사는 할머니를 보러 가야 해. 괜찮다면 너도 나랑 같이 차를 타고 가다가 구릉에다 토끼를 풀어 주자. 해 지기 전에 집에 데려다 주마."

루시는 팔짝팔짝 뛰었다.

"엄마한테 여쭤 보고 올게요."

애덤스 선생님은 헤어 워런 다운과 워터십 다운 사이에 차를 세웠다.

"여기가 좋겠다. 여기다 풀어 주면 말썽 부리지 못할 거야."

루시는 도로에서 벗어나 동쪽으로 조금 걸어가서 토끼를 놓아주었다. 토끼는 30초쯤 멍하니 있더니 잽싸게 풀밭으로 도망쳤다.

애덤스 선생님이 말했다.

"역시 저 다리가 좀 이상하구나. 하지만 오래오래 잘살 거야. 들장미 덤불에서 나고 자란 브러 여우*니까."

---

*브러 여우 : 『리머스 아저씨』에 나오는 주인공 가운데 하나. —옮긴이

49 돌아온 헤이즐

> 우리 둘은 운 좋은 놈들이다.
> 우리의 소중한 우정은
> 맹서나 서약으로 다질 필요가 없다.
> 더욱 강한 것으로 긴밀히 묶여 있으니.
>
> 로버트 그레이브스, 〈퓨질리어 연대의 두 병사〉

운드워트는 마지막 순간에 정말로 미치광이 같은 짓을 했지만, 그 일이 헛된 것만은 아니었다. 운드워트가 개와 맞서 싸우지 않았다면 그날 아침 워터십 다운에서는 더 많은 토끼가 죽었을 것이다. 댄더라이언과 블랙베리를 쫓아온 개가 어찌나 소리도 없이 재빠르게 언덕을 올라왔던지, 긴 밤을 보내고 덤불 아래서 졸던 보초 토끼는 도망치려는 순간 붙잡혀 그대로 죽음을 당했다. 개는 운드워트와 싸우고 나서 한동안 둔덕과 풀밭을 뒤지고 돌아다니면서 덤불이나 잡초 무더기만 보아도 컹컹 짖으며 달려들었다. 하지만 그즈음 에프라파 토끼들은 뿔뿔이 흩어져 꼭꼭 숨어 있었다. 더욱이 개는 운드워트한테 물리고 할퀴어진 탓에 싸움을 꺼려하는 기색이 뚜렷했다. 결국 그 전날 유리 조각에 다친 토끼를 잡아 죽이고 나서야 왔던 길을 따라 언덕 너머로 사라졌다.

이제 에프라파 토끼들이 다시 공격해 오는 일이란 있을 수 없었다. 모두 제 목숨 하나 구하기도 바빴다. 지도자도 사라졌다. 에프라파 토끼들은 이 마을 토끼들이 개를 풀어 놓았다고 굳게 믿었다. 그 수수께끼에 싸인 여우나 하얀 새와 마찬가지였다. 상상력이라곤 눈곱만치도 없는 래그워트조차 땅속에 있을 때 그 동물의 소리를 듣지 않았던가. 그리하여 캠피언이 쐐기풀 밭에 웅크리고 앉아 버베인을 비롯한 네댓 토끼더러 이 위험한 마을에서 너무 오래 있었으니 당장 떠나야 한다고 하자, 모두 몸서리치며 고개를 끄덕였다.

캠피언이 아니었다면 아무도 에프라파에 돌아가지 못했을 것이다. 사실 캠피언의 뛰어난 정찰 기술에도 불구하고 워터십 다운에 왔던 토끼의 절반도 에프라파로 돌아가지 못했다. 서넛은 너무 멀리 도망가 버려서 찾을 수도 없었다. 그들이 어떻게 되었는지는 아무도 알지 못했다. 니-프리스가 되기 한참 전, 고작 토끼 열네댓 마리가 캠피언과 함께 그 전날 지나온 긴 여행길에 다시 올랐다. 하지만 밤이 오기 전에 에프라파까지 갈 만한 힘이 없었다. 곧 그들은 피로와 의기소침보다 더 큰 적과 맞닥뜨려야 했다. 나쁜 소식은 빨리 퍼지는 법이다. 그 무서운 운드워트 장군과 에프라파 아우슬라들이 워터십 다운에서 참패했고, 살아남은 토끼들은 비참한 몰골로 방심한 채 터덜터덜 남쪽으로 가고 있다는 소문이 시저스 벨트와 그 너머까지 쫙 퍼졌다. 그러자 담비, 여우, 심지어는 근처 농장의 고양이까지 천의 적들이 모여들기 시작했다. 걸음을 멈출 때마다 토끼들이 하나씩 사라졌고, 어떻게 사라졌는지조차 아무도 알지 못했다. 버베인도 그렇게 사라졌다. 처음부터 버베인에게는 아무것도 남아 있지 않았다. 사실 장군도 없는데 에프라파로 돌아갈 이유가 없었다.

그 모든 공포와 시련 속에서도 캠피언은 침착하게 경계를 늦추지 않았고, 살아남은 토끼를 한데 모으고 상황을 미리 예측하고 행동했으며, 지친 토끼들이 계속 나아갈 수 있도록 용기를 북돋아 주었다. 다음 날 오후, 오른쪽 앞다리 표적반이 실플레이를 할 때 캠피언이 띄엄띄엄 흩어져 따라오는 토끼 일고여덟 마리를 데리고 경비선을 넘어 절뚝거리며 나타났다. 캠피언은 금방이라도 쓰러질 것 같은 상태여서, 어떤 재난이 있었는지 장로회에 보고하지도 못했다.

개가 나타났을 때 그라운드슬, 시슬, 그리고 다른 토끼 셋만이 제 정신을 갖고 뚫린 굴길로 도망쳤다. 벌집에 들어서자마자 그라운드슬과 나머지 토끼들은 파이버에게 항복했지만, 파이버는 여전히 몽롱한 상태에 빠져 정신을 차리지 못한 채 무슨 일이 일어나는지도 모르고 있었다. 에프라파 토끼들이 한동안 굴속에 웅크리고 앉아 개가 사냥하는 소리를 듣고 난 뒤에야, 파이버는 정신을 차리고 빅윅이 쓰러져 있는 굴길 앞으로 가서 홀리와 실버에게 포위 공격이 끝났다고 알렸다. 그러자 너도나도 힘을 모아 막힌 남쪽 벽을 뚫었다. 그때 우연찮게 블루벨이 벌집에 가장 먼저 들어가게 되었는데, 그 뒤로 오랫동안 블루벨은 에프라파 포로들을 이끌고 온 파이버 대장 흉내를 냈다. 블루벨의 표현을 빌리자면 파이버는 "털갈이하는 까마귀들에 둘러싸인 참새 같았다."고 한다.

그 당시에는 누구도 에프라파 토끼들에게 신경 쓸 여유가 없었다. 마을 토끼들은 오로지 헤이즐과 빅윅 걱정뿐이었다. 빅윅은 곧 죽을 것 같았다. 대여섯 군데나 피를 흘리면서 눈을 감은 채로 자신이 지키던 굴길에 그대로 누워 있었다. 하이젠슬라이가 에프라파 토끼들은 패배했고 마을도 무사하다고 말해 주어도 빅윅은 아무런 반응도 보이지 않았다. 얼마 뒤 토끼들은 조심스럽게 그 굴길을 넓혔다. 암토끼들은 교대로 빅윅 곁에서 상처를 핥아 주면서 낮고 불규칙한 숨소리에 귀를 기울였다.

그 전에 블랙베리와 댄더라이언은 허술하게 막혀 있던 키하르의 굴길을 뚫고 들어와 자기들이 겪은 일을 들려주었다. 하지만 개가 줄을 끊고 뛰쳐나간 뒤 헤이즐이 어떻게 되었는지는 전혀 몰랐다. 오후로 접어들자 모두 최악의 상황을 걱정했다. 결국 불안과 괴로움을 견디다 못한 핍킨이 너트행어 농장에 가 보겠다고 고집을 부렸다. 파이버가 기다렸다는 듯이 함께 가겠다고 나섰다. 둘은 숲을 나와 북쪽으로 갔다. 얼마 안 가서 파이버는 개밋둑에 올라가 주위를 살펴보다가 서쪽 고지대에서 다가오는 토끼를 발견했다. 핍킨과 파이버가 뛰어가 보니 헤이즐이었다. 파이버는 헤이즐을 맞으러 가고, 핍킨은 곧장 벌집으로 달려가 기쁜 소식을 알렸다.

헤이즐은 마을 토끼들과 그라운드슬에게서 그동안 있었던 일을 모두 듣고 나자 곧바로 홀리에게 토끼 두셋을 데리고 가서 에프라파 토끼들이 정말로 사라졌는지 확인하라고 했다. 그러고 나서 빅윅이 누워 있는 굴길로 들어갔다. 헤이즐이 다가가자 하이젠슬라이가 고개를 들었다.

"조금 전에 깨어났어요, 헤이즐-라. 당신을 찾더군요. 그리고 귀가 몹시 아프다고 했어요."

헤이즐은 피가 엉겨 붙은 빅윅의 머리털에 코를 비볐다. 텁수룩하던 털이 피로 딱딱하게 굳어서 헤이즐의 코를 찔렀다.

"네가 해냈어, 빅윅. 놈들은 모두 도망갔어."

빅윅은 한동안 움직이지 않았다. 그러다가 눈을 뜨고 고개를 들어 뺨을 부풀리며 곁에 있는 두 토끼의 냄새를 맡았다. 빅윅이 아무 말도 안 하자, 헤이즐은 자기 말을 듣지 못한 게 아닌가 싶었다.

이윽고 빅윅이 조그맣게 말했다.

"운드워트 해치웠어?"

"그래. 실플레이하는 거 도와줄게. 그러고 나면 한결 기운이 날 거야. 밖에 나가면 네 몸을 더 깨끗이 닦아 줄 수도 있고. 자, 나가자. 햇살에 나뭇잎들이 빛나는 멋진 오후야."

빅윅은 일어나서 엉망진창이 된 벌집으로 비틀거리며 나왔다. 그러고는 털썩 쓰러져 잠시 쉬더니 다시 일어나 키하르 굴 길 아래까지 왔다.

"난 놈한테 죽은 줄 알았어. 이제 싸움은 안 할 거야. 할 만큼 했어. 그리고 너…… 네 계획이 성공했구나, 헤이즐-라. 그렇지? 훌륭해. 어떤 거였는지 말해 줘. 농장에서는 어떻게 돌아온 거야?"

"인간이 흐루두두로 태워다 줬어. 거의 마을 앞까지."

"그리고 나머지 거리는 날아왔겠지? 불타는 하얀 막대기를 물고서 말야. 자, 이젠 사실대로 말해 봐. 아니, 왜 그래요, 하이젠슬라이?"

하이젠슬라이가 빅윅을 뚫어지게 쳐다보며 말했다.

"아! 아!"

"왜 그래요?"

"정말이에요!"

"뭐가요?"

"정말로 흐루두두를 타고 왔어요. 그 모습을 봤어요. 에프라파에서 당신 굴에 같이 있었던 밤에요. 기억나요?"

"기억나요. 그때 내가 한 말도 기억나지. 파이버한테 얘기해 보라고 했지요. 그러고 보니 좋은 생각이네. 가서 파이버한테 얘기하자. 헤이즐-라, 파이버가 네 말을 믿으면 나도 믿어 줄게."

50 그리고 마지막

> 또 하나 고백하건대, 나는 장군의 부당한 간섭이 그들의 행복에
> 해를 끼치기는커녕 그들이 서로를 더 잘 알고 애정을 키우도록
> 만들어 줌으로써 오히려 도움이 되었다고 확신합니다.
> 그래서 그 일도 당사자들이 알아서 해결하도록 내버려 두고 있습니다.
>
> 제인 오스틴, 〈노스행어 대저택〉

6주쯤 지난 10월 중순, 맑고 쾌청한 저녁이었다. 너도밤나무 잎이 아직 남아 있고 햇살도 따스했지만, 드넓은 언덕에는 어딘지 허전한 느낌이 커져만 갔다. 꽃은 점점 줄어들었다. 풀밭에는 드문드문 노란 양지꽃이 보이고, 버석거리는 갈색 꿀풀 덤불에 때늦은 실잔대나 보랏빛 꽃들이 피어 있기는 했지만, 눈에 보이는 식물은 대개 씨앗을 맺고 있었다. 숲가를 따라 자란 으아리는 향기롭던 꽃들이 노인의 수염처럼 변해서 연기가

피어오르는 것처럼 보였다. 벌레 소리도 줄어들어 이따금씩만 들렸다. 수많은 동물이 우글거리는 정글 같던 드넓은 긴 풀밭은 텅 비어 버리고, 8월에 무수했던 벌레들 가운데 남아 있는 것이라곤 허둥거리는 딱정벌레나 둔해진 거미 한 마리 정도뿐이었다. 각다귀들은 여전히 허공에서 춤추고 있지만 각다귀를 쫓던 칼새는 사라지고, 하늘에 메아리치던 날카로운 칼새 울음소리 대신 화살나무 꼭대기에서 재재거리는 울새 소리가 들려왔다. 언덕 아래 들판은 추수가 끝나 있었다. 벌써 갈아 놓은 밭도 있었는데, 매끈한 밭고랑이 햇빛에 희미하게 빛나는 것이 언덕 마루에서도 보였다. 하늘도 물처럼 투명하게 비어 있었다. 7월에는 짙푸른 하늘이 초록빛 나무들 위로 내려와 있었는데, 이제 그 푸른 하늘이 엷어지면서 끝없이 높아졌다. 더욱 짧아진 해는 서리가 내릴 것을 예고하면서 덤불 가득 열린 들장미 열매처럼 선홍빛을 띤 채 천천히 나른하게 가라앉았다. 남쪽에서 바람이 불어 오자 예전에는 부드럽게 살랑이던 너도밤나무 잎들이 빨갛고 노랗게 물든 채 서걱거렸다. 지금은 조용한 이별의 시간, 겨울을 버텨 내지 못할 것들은 모두 떠나는 시간이었다.

많은 인간들이 겨울을 좋아한다고 하지만, 그것은 사실 겨울이 와도 힘들 게 없기 때문이다. 인간은 겨울이 와도 식량 걱정이 없다. 불과 따뜻한 옷이 있다. 인간은 아무리 혹독한 겨울이 와도 안락하게 지낼 수 있으며, 그로 인해 자신들이 영리하다는 사실을 더욱 뿌듯하게 실감하게 된다. 하지만 가난한 사람들처럼 새들과 동물들은 겨울이 고통스럽다. 야생 동물이 대개 그렇듯 토끼도 겨울나기가 힘들다. 물론 토끼는 먹이를 전혀 구할 수 없는 경우가 드물기 때문에 그나마 운이 좋은 편이다. 하지만 토끼도 눈이 많이 내리면 며칠씩 굴에 갇혀서 펠릿만 씹기도 한다. 겨울에는 병에 걸리기 쉽고, 추위 때문에 체력도 많이 떨어진다. 그러나 굴은 따스하고 아늑하며 여럿이 모여 있을 때는 더 그렇다. 겨울에는 늦여름이나 가을보다 짝짓기가 활발하며, 2월부터 암토끼는 가장 활발한 번식력을 자랑한다. 맑은 날에는 실플레이도 즐긴다. 모험을 좋아하는 토끼들은 밭 서리를 나선다. 그리고 굴속에서 이야기도 듣고 밥-스톤스 같은 놀이도 한다. 토끼에게 겨울은 중세 사람들의 겨울과 같다. 힘들긴 하지만 재치를 발휘해서 견딜 수도 있고 전혀 낙이 없는 것도 아닌 그런 계절이다.

 너도밤나무 숲 서쪽에 헤이즐과 파이버가 홀리, 실버, 그라운드슬과 함께 저녁 햇살을 쬐며 앉아 있었다. 에프라파 토끼들도 마을에서 함께 살게 되었고, 처음에는 미움과 의심을 받기도 했지만 순조롭게 마을에 정착했다. 그렇게 된 데에는 헤이즐의 단호한 의지가 가장 컸다.

 포위 공격이 있던 밤부터 파이버는 혼자 있을 때가 많았다. 벌집에 있을 때나 아침저녁 실플레이 때에도 말없이 뭔가 골똘히 생각하곤 했다. 하지만 아무도 그것을 싫어하지는 않았다. 블루벨 말마따나 '파이버는 너무도 다정하고 친근하게 저 너머에 있는 뭔가를 바라보기' 때문에 다들 나름대로는 파이버가 예전보다 더 신비한 세계의 파동에 지배받고 있음을 알고 있었다. 그 신비한 세계란, 파이버가 6월 말에 헤이즐과 언덕 기슭에서 함께 지낼 때 이야기한 적이 있던 저 너머의 세상이었다. 어느 저녁, 파이버만 빼고 모두가 벌집에서 이야기를 들을 때, 빅윅은 에프라파 토끼들한테 승리한 날 밤에 자기보다 파이버가 더 큰 대가를 치렀다고 말하기도 했다. 그래도 파이버는 자기 짝인 빌더릴한테는 헌신적인 애정을 쏟았고, 빌더릴도 헤이즐 못지않게 파이버를 이해하게 되었다.

너도밤나무 숲 바로 바깥에서는 하이젠슬라이의 아기 토끼 네 마리가 풀밭에서 놀고 있었다. 아기 토끼들은 이레 전쯤에 처음으로 땅 위로 나와 풀을 뜯었다. 하이젠슬라이가 두 번째 아기를 가졌다면 아기 토끼들 스스로 놀게 내버려 두었을 것이다. 하지만 지금 하이젠슬라이는 가까이서 풀을 뜯으며 아기 토끼들이 노는 모습을 지켜보다가 이따금 힘센 녀석이 다른 형제들을 괴롭힐 때면 가서 혼내 주었다.

홀리가 말했다.

"귀여운 녀석들이지? 아기 토끼가 더 많았으면 좋겠어."

헤이즐이 말했다.

"겨울이 끝날 때까지는 너무 기대하지 마. 물론 몇 마리는 더 생기겠지만."

"세상에 안 되는 일이란 없는 것 같다니까. 가을에 암토끼 세 마리가 아기 토끼를 낳았어. 그런 일 들어 본 적 있어? 프리스 님은 토끼들이 한여름에 짝짓기를 하도록 만들지 않으셨는데."

"클로버는 잘 모르겠어. 상자 토끼라서 아무 때나 아기를 가질 수 있는 건지도 몰라. 하이젠슬라이와 빌더릴이 한여름에 아기 토끼를 가진 건 에프라파에서 토끼답게 자연스럽게 살지 못했기 때문이야. 아무튼 에프라파 암토끼 가운데 아기 토끼를 낳은 건 그 둘뿐이야."

실버가 말했다.

"프리스 님이 정하신 걸로 따진다면, 토끼들이 한여름에 싸움을 하는 것도 안 될 일이지. 싸우고 피 흘리고……. 지금까지 있었던 일은 모두 토끼답지 않아. 다 운드워트 탓이지. 운드워트같이 토끼답지 않고 이상한 놈도 없을 거야."

홀리가 말했다.

"빅윅이 운드워트더러 전혀 토끼 같지 않다고 한 건 맞는 말이야. 놈은 싸움꾼이었지. 들쥐나 개처럼 사나운. 놈은 도망가는 것보다 싸우는 게 더 안전하다고 느꼈기 때문에 싸운 거야. 용감하기는 했지. 하지만 그건 토끼답지가 않아. 결국 그것 때문에 최후를 맞이한 거고. 놈은 프리스 님께서 어떤 토끼한테도 허락하지 않은 일을 하려고 했어. 할 수만 있었다면 엘릴처럼 사냥도 했을걸."

그라운드슬이 말을 가로막았다.

"장군은 죽지 않았어."

다른 토끼들은 조용해졌다.

그라운드슬이 열렬히 말했다.

"장군은 달리기를 멈추지 않았어. 시체 봤어? 못 봤겠지. 누가 봤어? 아무도 못 봤잖아. 그 누구도 장군을 죽이지 못해. 장군은 토끼를 더 큰 존재로 만들어 주었어. 더 용감하고, 더 노련하고, 더 영리하게. 우린 그 대가를 치렀지. 목숨을 바친 토끼도 있고. 우리에게는 에프라파 토끼라는 자부심이 있었어. 허둥지둥 꽁무니를 빼지 않는 토끼는 우리가 처음이었어. 엘릴도 우리를 두려워했지. 그게 다 운드워트 장군 덕분이야. 그 누구도 아닌 바로 운드워트 장군 말야. 우리는 장군한테 턱없이 모자라는 부하들이었지. 틀림없이 장군은 어딘가에서 다른 마을을 세우고 있을 거야. 에프라파 지휘관들은 영원히 장군을 잊지 못할 거야."

"나도 한마디 하겠는데······."

실버가 입을 열자 헤이즐이 가로막았다.

"그라운드슬, 네가 부족했다고 말하지 마. 너는 토끼가 할 수 있는 것을, 아니 그 이상을 장군을 위해 바쳤어. 우리도 너한테서 얼마나 많이 배웠는데! 에프라파는 캠피언의 지휘 아래 잘 지내고 있다고 들었어. 예전과 많이 달라졌는데도 말이야. 그리고······ 내가 보기엔 이 마을도 봄이 오면 토끼가 너무 많아질 것 같아. 그래서 젊은 토끼 몇몇한테 이곳과 에프라파 사이에 새 마을을 만들라고 할 거야. 캠피언도 아마 우리 마을 젊은 토끼와 함께 살 토끼들을 보내겠다고 할 거야. 이 계획을 맡아서 시작할 토끼는 바로 너야."

홀리가 물었다.

"캠피언이 선뜻 그러겠다고 할까?"

"키하르만 오면 쉬워."

토끼들은 숲 북동쪽에 있는 굴 쪽으로 돌아서 깡충깡충 뛰어갔다.

"머지않아 큰 물에 폭풍이 시작되면 나타날 거야. 키하르만 있으면 네가 철나무까지 갔다 오는 것만큼이나 빨리 캠피언에게 그 소식을 전할 수 있어."

실버가 말했다.

"프리스 님께 맹세컨대, 키하르가 오면 누가 가장 좋아할지 난 알아! 별로 멀지 않은 곳에 있는 누구지."

동쪽 숲가에 이르니, 아직 해가 비치는 탁 트인 풀밭에서 하이젠슬라이의 아기 토끼들보다는 몸집이 큰 어린 토끼 세 마리가 웅크리고 앉아, 코에서부터 엉덩이까지 상처투성이이고 귀가 늘어진 덩치 큰 백전노장의 이야기에 귀를 기울이고 있었다. 그것은 다름 아닌 빅윅으로, 아주 자유롭고 허물없는 아우슬라 대장이었다. 어린 토끼들은 클로버가 낳은 수토끼들인데 제법 똘망똘망해 보였다.

빅윅이 말했다.

"아니, 안 돼, 안 돼, 안 돼. 아이구, 내 날개랑 부리야, 그럼 안 된다니까! 너, 이름이…… 그래, 스케이비어스, 내가 고양이다. 네가 밭에서 양상추를 아삭아삭 먹는 모습을 봤어. 자, 그럼 내가 어떻게 할까? 꼬리를 흔들며 길 한복판으로 걸어오나? 응, 그래?"

어린 토끼가 말했다.

"대장님, 전 고양이를 한 번도 못 봤는걸요."

용맹한 대장은 인정했다.

"그래, 못 봤겠지. 음, 고양이는 긴 꼬리가 달린 무서운 놈이야. 온몸이 털로 덮여 있고 뻣뻣한 수염이 나 있고 싸울 때는 사납고 심술궂은 소리를 내지. 아주 교활하고. 알겠어?"

"아, 알겠습니다."

어린 토끼는 이렇게 대답하고는 잠시 뒤 공손하게 물었다.

"저…… 대장님 꼬리는 어디 있어요?"

다른 토끼 하나가 말했다.

"폭풍우 속에서 싸운 이야기 해 주세요, 네? 그 물 터널 얘기도요."

그러자 가차없는 훈련관이 말했다.

"그래, 나중에. 자, 내가 고양이다, 알겠나? 난 햇빛 속에서 졸고 있다, 알겠나? 그리고 너희들은 지나가는 거다, 알겠나? 그러자……."

실버가 말했다.

"저 꼬마 녀석들이 빅윅을 놀리고 있군. 하지만 저희 대장을 위해서라면 뭐든지 하려고 들 거야."

홀리와 그라운드슬은 땅속으로 들어가고, 실버와 헤이즐은 햇볕이 드는 곳으로 나왔다.

헤이즐이 말했다.

"우리 모두 그럴 거야. 그날 빅윅이 아니었으면 개가 왔어도 늦었을 거야. 운드워트와 그 무리는 땅 위에 없었을 테니까. 벌써 땅속에 들어가서 하고 싶은 대로 다 했겠지."

실버가 말했다.

"빅윅이 운드워트를 이겼어. 개가 도착하기도 전에 이겨 버렸다구. 난 아까 그 점을 말해 두고 싶었어. 말 안 해도 다들 알겠지만."

헤이즐이 말했다.

"언덕 아래쪽에 만드는 겨울 굴은 잘돼 가고 있는지 궁금하군. 날씨가 추워지면 새 굴이 필요할 거야. 벌집은 천장에 난 구멍 때문에 안 돼. 언젠가는 자연히 막히겠지만, 그 전까지는 상당히 골칫거리야."

"마침 굴 파는 친구들이 오는군."

핍킨과 블루벨이 암토끼 서넛과 함께 언덕 마루로 올라왔다.

블루벨이 말했다.

"아하, 아하, 오, 헤이즐-라. 아늑한 굴이 완성됐어. 딱정벌

레도 지렁이도 민달팽이도 없어. 눈이 오면 우린 거기 들어가서……."

헤이즐이 말했다.

"너희들이 수고가 많았구나. 정말 수고했어. 굴 입구는 잘 숨겨져 있겠지?"

블루벨이 말했다.

"에프라파하고 똑같아. 실은 너한테 보여 주려고 하나 들고 올라왔어. 안 보이지, 응? 그래…… 이 정도라구. 아니, 저기 꼬맹이들하고 빅윅 할아버지 좀 봐. 빅윅이 에프라파에 가면 어느 표적반에 넣어야 할지 헷갈릴 거야, 안 그래? 온갖 표적이 다 있잖아."

핍킨이 말했다.

"헤이즐-라, 우리랑 해 지는 쪽으로 가자. 날이 어두워지기 전에 햇살 좀 쬐려고 일부러 일찍 올라왔어."

헤이즐은 상냥하게 말했다.

"좋아. 실버랑 난 방금 갔다 왔지만 다시 가도 괜찮아."

실버가 말했다.

"키하르를 발견했던 구덩이에 가 보자. 거기는 바람이 안 들 거야. 키하르가 우리한테 욕을 해 대면서 부리로 쪼려 했던 거 기억나?"

블루벨이 말했다.

"우리가 갖다 준 지렁이는? 절대로 잊지 말라구."

구덩이로 다가가다 보니 그 안에 누가 있는 것 같았다. 다른 토끼들도 같은 생각을 한 게 틀림없었다.

실버가 말했다.

"쟤들이 눈치 채지 못하게 어디까지 다가갈 수 있는지 보자. 진짜 캠피언 식으로……. 가자."

토끼들은 북쪽에서 부는 바람을 안고 살금살금 다가갔다. 구덩이 가장자리에서 살짝 들여다보니 빌더릴과 아기 토끼 네 마리가 햇살을 쬐며 누워 있었다. 어미 토끼가 이야기를 들려주고 있었다.

"그렇게 해서 엘-어라이라는 백성들을 이끌고 강을 건넌 다음, 어둠 속에서 쓸쓸하고 황량한 땅을 지나갔단다. 겁먹은 토끼도 있었어. 하지만 엘-어라이라는 길을 알고 있기 때문에 다음 날 아침에는 싱싱하고 맛있는 풀이 있는 아름다운 들판으로 백성들을 무사히 데려갔지. 거기에는 마을이 있었어. 마법에 걸린 마을이었지. 그 마을 토끼들은 사악한 마법에 걸려 있었어. 반짝이는 목 줄을 걸고 다니고, 새처럼 노래하고, 날아다니는 토끼도 있었지. 겉보기엔 나무랄 데 없었지만, 마음은 어둡고 공포에 질려 있었어.

그러자 엘-어라이라의 백성들이 말했어.

'아, 저들이 바로 무지개 왕자의 훌륭한 토끼들이구나. 저들도 마치 무지개 왕자 같아. 우리도 저기서 살면 왕자가 될 거야.'"

빌더릴은 고개를 들어 구덩이 밖에 있는 토끼들을 보고는 이야기를 잠시 멈추었다가 계속했다.

"그런데 프리스 님이 랍스커틀의 꿈에 나타나 그 마을은 마법에 걸렸다고 알려 주었어. 랍스커틀은 마법의 근원이 묻힌 곳을 찾으려고 땅을 팠어. 땅을 깊게 파도 쉽사리 나타나지 않았지만, 마침내 사악한 마법의 근원을 찾아서 끄집어냈어. 토끼들은 모두 달아났고, 마법의 근원은 거대한 쥐로 변해 엘-어라이라에게 달려들었어. 엘-어라이라는 쥐와 맞붙어 엎치락뒤치락 싸우다가, 마침내 발로 쥐를 꼼짝 못하게 누르게 되었지. 그러자 쥐는 크고 하얀 새로 변해서 엘-어라이라에게 축복을 내려 주었어."

헤이즐이 소곤거렸다.

"아는 이야기인 것 같은데 어디서 들었는지 생각이 안 나."

블루벨은 곧추앉아서 뒷다리로 목을 긁었다. 아기 토끼들은 그 소리에 돌아보더니 곧 구덩이 한쪽으로 구르듯이 달려 나와 "헤이즐-라! 헤이즐-라!" 하고 새된 소리로 부르면서 헤이즐에게 우르르 달려들었다.

헤이즐은 아기 토끼들을 밀어내며 말했다.

"얘들아, 잠깐만. 난 너희 같은 깡패들이랑 싸우러 온 게 아니다! 이야기를 마저 들어야지."

아기 토끼 하나가 말했다.

"저기 말 탄 인간이 오고 있어요, 헤이즐-라. 숲 속으로 숨어야 하지 않나요?"

헤이즐이 물었다.

"어떻게 알았지? 아무 소리도 안 들리는데."

실버가 귀를 쫑긋거리며 말했다.

"나도 그래."

아기 토끼는 어리둥절한 표정이었다.

"어떻게 된 건지는 모르지만 제 말이 분명히 맞아요."

토끼들은 붉은 해가 기우는 동안 잠시 기다렸다. 결국 빌더릴이 이야기를 계속하려는 순간, 말발굽 소리가 나더니 서쪽에서 말 탄 인간이 나타나 캐논 히스 다운 쪽으로 한가로이 말을 몰았다.

실버가 말했다.

"우릴 귀찮게 하진 않을 거야. 도망칠 필요 없어. 그냥 지나갈 거야. 그런데 저렇게 멀리서 나는 소리를 듣다니, 스레아르넌 참 신기하구나."

빌더릴이 말했다.

"얘는 늘 그래요. 지난번에는 꿈에서 보았다면서 강이 어떻게 생겼는지 말해 주었어요. 파이버의 핏줄이라서 그런가 봐요. 파이버의 핏줄이 아니라면 그럴 수가 없죠."

헤이즐이 말했다.

"파이버의 핏줄? 흠, 파이버의 핏줄이 있는 한 우린 안전할 거야. 그런데 여기도 쌀쌀해지는 것 같지 않아? 자, 내려가서 따뜻한 굴 안에서 이야기를 마저 듣자. 저기 둔덕에 파이버가 있다. 저기까지 누가 먼저 가나 시합할까?"

몇 분 뒤 언덕에는 토끼 한 마리 보이지 않았다. 해는 레이들 힐 아래로 가라앉았고, 어두워지는 동쪽 하늘에 가을철 별들이 나타나기 시작했다. 페르세우스자리, 황소자리, 카시오페이아자리, 희미한 물고기자리, 커다란 정방형의 페가수스자리. 바람이 불자 마른 너도밤나무 잎들이 도랑과 구덩이를 메우고 바람에 실려 드넓은 풀밭으로 날아갔다. 땅속에서는 이야기가 계속되고 있었다.

에필로그

> 그는 시간의 흐름을 깊이 들여다보고,
> 가장 용감한 자들의 제자가 되었다.
> 그는 오래 살아남았다.
> 하지만 우리 둘에겐 어느새 추악한 나이가 찾아왔고
> 지친 나머지 행동과 멀어지게 되었다.
> 셰익스피어, 〈끝이 좋으면 다 좋다〉

> 그는 내 꿈의 일부였고 나 역시 그의 꿈의 일부였다.
> 루이스 캐롤, 〈거울 나라의 앨리스〉

"그래서 결국 어떻게 되었나요?"

헤이즐과 그 친구들의 모험을 쭉 따라오다가 마지막에는 워터십 다운으로 돌아온 독자가 이렇게 물었다. 지혜로운 록클리 씨는 야생 토끼들이 2~3년쯤 산다고 했다. 그는 토끼에 대해서라면 모르는 게 없다. 아무튼 헤이즐은 그보다 오래 살았다. 헤이즐은 여름을 몇 번이나 났고, 봄에서 겨울, 겨울에서 봄의 변화를 너무도 잘 알게 되었다. 그사이에 일일이 다 기억할 수도 없을 만큼 많은 젊은 토끼들을 보았다. 그리고 이따금 햇살 좋은 저녁에 너도밤나무 옆에서 이야기를 들을 때면 그 이야기가 자기 이야기인지 아니면 오래 전에 살았던 다른 영웅 토끼의 이야기인지 헷갈렸다.

 마을은 번성했고, 워터십 다운의 토끼와 에프라파 토끼가 반반씩 모여 시저스 벨트에 세운 마을도 차츰 자리를 잡아 갔다. 헤이즐이 친구들을 구하기 위해 목숨을 걸고 혼자 운드워트 장군을 만났던 그 끔찍한 저녁에 처음 상상했던 마을이 현실로 나타난 것이다. 그라운드슬이 그 마을의 첫 족장 토끼가 되었고, 그 곁에는 조언을 해 주는 스트로베리와 벅손이 있었다. 그라운드슬은 누구에게도 표적을 새기지 않았고 아주 가끔씩만 대정찰을 시켰다. 캠피언은 기꺼이 에프라파 토끼들을 보내 주었고, 첫 이주 토끼들은 애빈스 대장이 이끌었다. 애빈스는 합리적으로 행동하여 임무를 훌륭히 마쳤다.

 운드워트 장군은 두 번 다시 나타나지 않았다. 그러나 그라운드슬의 말대로 아무도 시체를 보지 못했기 때문에, 그 비범한 토끼는 어딘가로 떠나 거칠게 살아가면서 예전보다 더욱 재치 있게 엘릴을 물리치고 있는지도 몰랐다. 몇몇 토끼들이 키하르에게 언덕들을 날아다니며 운드워트를 찾아봐 달라고 부탁하자 키하르는 이렇게 거절했다.

"그 망할 토끼. 나 안 봐. 보고 싶지 않아."

오랜 시간이 지나자 워터십 다운에 사는 토끼들은 자기나 자기 짝이 에프라파 토끼의 후예인지 아닌지 알지도 못했고 굳이 알려고 들지도 않았다. 헤이즐은 그것이 흐뭇했다. 그리고 마을에는 언덕 너머 어딘가에 거대한 토끼가 혼자 살고 있으며, 그 토끼는 엘릴을 생쥐처럼 몰아대고 이따금 하늘에서 실플레이를 한다는 전설이 생겨났다. 언제든 큰 위험이 닥쳐오면, 그 토끼는 자신의 이름에 경의를 표한 토끼들을 위해 싸우러 돌아올 것이라고 했다. 어미 토끼들은 아기 토끼가 말을 듣지 않을 때면 검은 토끼의 사촌인 운드워트 장군이 잡아갈 거라고 겁을 주곤 했다. 운드워트가 남긴 자취들은 이러했으며, 어쩌면 운드워트 자신이 알았다 해도 그다지 기분 나빠하지는 않았을 것이다.

몇 해 뒤 봄인지 모르지만 싸늘한 바람이 몰아치는 3월 어느 아침, 헤이즐은 자기 굴에서 꾸벅꾸벅 졸고 있었다. 요즘 들어 굴에서 지내는 시간이 많아졌다. 추위를 많이 타는 데다 예전처럼 냄새를 잘 맡거나 뛰지도 못하기 때문이었다. 비와 딱총나무 꽃이 나오는 어지러운 꿈을 꾸다가 깨어나 보니 토끼 하나가 옆에 조용히 앉아 있었다. 젊은 수토끼가 조언을 구하러 온 모양이었다. 원칙대로라면 바깥 굴길을 지키는 보초는 헤이즐한테 물어보고 방문객을 들여보내야 했다. 하지만 헤이즐은 상관없다고 생각했다. 그러고는 고개를 들고 물었다.
"나와 이야기하러 왔는가?"
낯선 토끼가 대답했다.
"그래, 그래서 왔지. 날 알아보겠는가?"
"음, 물론이지."
헤이즐은 이름이 금방 생각나기를 바라며 대답했다. 그때 어둠 속에서 낯선 토끼의 귀가 희미하게 은빛으로 반짝였다.
헤이즐이 말했다.
"네, 주인님. 누구신지 압니다."
그 토끼가 말했다.
"넌 지쳐 있으니 내가 너에게 뭔가 해 주마. 내 아우슬라에 들어올 뜻이 있는지 물어보러 왔다. 네가 와 준다면 우리도 기쁠 것이고, 너도 좋아할 것이다. 너만 괜찮다면 당장 떠나자."
두 토끼는 젊은 보초 앞을 지나 밖으로 나왔지만, 보초 눈에는 낯선 토끼가 보이지 않는 것 같았다. 햇살이 눈부시게 빛나고, 쌀쌀한 날씨인데도 수토끼와 암토끼 몇 마리가 실플레이를 나와서 바람을 피하며 봄 새싹을 뜯고 있었다. 헤이즐은 더 이상 몸이 필요 없을 것 같아서 도랑 가에 남겨 놓고는, 잠시 멈추어 서서 풀밭 위의 토끼들을 지켜보았다. 그리고 자신의 기운이 끝없이 빠져나가 그 토끼들의 윤기 흐르는 젊은 육체와 건강한 감각 기관 속으로 흘러 들어가는 놀라운 느낌에 익숙해지려 애썼다.

함께 가던 토끼가 말했다.

"저들은 걱정할 필요 없네. 모두 잘 지낼 거야. 수천의 토끼들도 모두. 날 따라오면 무슨 뜻인지 알게 될 걸세."

그 토끼는 힘차게 뛰어 한 번에 둔덕 꼭대기에 올라섰다. 헤이즐도 뒤를 따랐다. 둘은 함께 첫 앵초꽃이 피기 시작하는 숲을 가볍게 달려 내려갔다.

옮긴이 말

1972년, 『워터십 다운의 열한 마리 토끼』(원제 *Watership Down*)가 처음 나왔을 때 영국의 한 비평가는 "기쁨으로 전율하며 걸작이 출현했음을 알린다."고 찬사를 보냈다. 그 뒤로 30여 년의 세월이 흘렀지만 『워터십 다운의 열한 마리 토끼』는 지금까지도 『반지의 제왕』에 버금가는 높은 작품성으로 사랑을 받으며, 고전으로 확고히 자리 잡고 있다.

『워터십 다운의 열한 마리 토끼』는 잉글랜드 남부 구릉 지대를 배경으로 펼쳐지는 흥미진진한 토끼들의 모험담이다. 여기에 등장하는 토끼들은 이솝 우화처럼 의인화된 동물이 아니라 실제로 자연에서 살아가는 토끼들이다. 작가가 밝혔듯이 이 작품에 나오는 토끼들은 "먹는 것, 살아남는 것, 교미하는 것 외에는 거의 관심이 없다. 이런 동기만이 주인공들을 움직인다." 작가는 토끼의 생태에 관한 독보적인 연구서인 록클리의 『토끼의 사생활』을 참고하여 토끼 사회, 먹고 자는 등의 일상생활, 굴파기 습성 들에 대해 철저히 연구했으며, 동물 문학의 대가인 시튼의 영향을 받아 동물을 인간화시키지 않고 동물 그 자체를 관찰하고 이해하려 애썼다.

사실에 기반한 생생한 묘사 덕분에 독자는 책을 집어 든 순간부터 자기도 모르게 토끼들의 세계로 빨려 들어가게 된다. 고작 반경 몇 킬로미터의 좁은 지역이 드넓은 딴 세상으로 느껴지고 토끼들 하나하나가 눈에 보이듯이 생생하게 그려지면서, 그들의 모험담이 장대한 서사시처럼 펼쳐진다. 작가는 철저한 사실성을 바탕으로 토끼어, 토끼 신화, 관습과 여러 유형의 토끼 사회들을 만들어 내어 새로운 세계를 탄생시켰다. 이것이야말로 톨킨의 말처럼 '존재하지 않지만 존재하는, 불가능한 것을 믿을 수밖에 없게 하는' 판타지이다. 『워터십 다운의 열한 마리 토끼』가 동물 판타지의 역사에 한 획을 그으며 걸작의 반열에 오른 것은 결코 우연이 아니다.

이 작품에는 인간의 자만심과 이기주의에 대한 경고가 담겨 있다. 샌들포드 토끼 마을이 파괴되는 과정에서 단적으로 드러나듯이 인간의 이기심이 동물들에게 얼마나 큰 재앙이 되고 있는지 생생히 보여 준다. 또 작품 곳곳에는 만물의 영장이라고 하는 인간의 자만심과 허영심을 토끼의 생태와 비교하면서 통렬하게 풍자하는 대목이 나온다. 『워터십 다운의 열한 마리 토끼』를 통해 토끼들의 세계로 들어간 독자라면 누구나 과연 인간이 동물보다 우월한 존재인지, 지구의 지배자로 군림하는 것이 온당한지 의문을 던지면서, 토끼는 물론 지구상의 모든 생명체는 인간과 더불어 살아가는 동반자이며 존중받아야 할 대상임을 깨닫게 될 것이다.

이런 메시지와 더불어 아름다운 자연 묘사 역시 이 작품의 빼놓을 수 없는 매력이다. 애덤스의 취미는 시골 길을 산책하는 것이라고 한다. 그래서인지 감상적인 찬사가 아니라 깊은 애정을 가지고 오랫동안 자연을 관찰한 사람만이 쓸 수 있는 정확하고 섬세한 묘사가 감탄을 자아낸다.

하지만 이 작품이 오랜 세월 동안 어른 아이 모두의 사랑을 받으며 베스트셀러로 자리 잡은 이유는 무엇보다도 흥미진진한 모험 이야기라는 점에 있다. 고대부터 이어져 내려오는 영웅 이야기들은 대개 '탈출-방황-귀가-새로운 도전-위기-승리'라는 서사 구조를 가지는데, 『워터십 다운의 열한 마리 토끼』 역시 이런 기본 틀에 충실한 작품인 만큼 큰 흡인력을 발휘한다. 중간 중간에 나오는 엘-어라이라의 신화도 그 자체로 재미있을 뿐 아니라 풍부한 의미를 담고 있으며 리처드 애덤스가 탁월한 이야기꾼임을 유감없이 보여 준다.

『워터십 다운의 열한 마리 토끼』의 재미는 끝까지 긴장감을 놓지 못하게 만드는 탄탄한 구성에 있다. 작품 전체도 꽉 짜인 기승전결의 구조를 가지고 있을 뿐 아니라 각 부도 탄탄한 구성을 보여 준다. 그리스 비극 『아가멤논』의 대사로 시작되는 1

장부터 마지막 장과 에필로그에 이르기까지 각 장 앞머리에 인용되는 짧은 글은 전주곡처럼 각 장의 분위기를 예고해 주면서 독자들을 빨아들인다. 새로운 보금자리를 찾기까지의 과정을 그린 1부, 새로운 보금자리를 만들고 암토끼를 얻기 위해 모색하는 과정인 2부, 에프라파를 극적으로 탈출하는 3부와 운드워트와 마지막 결전을 벌이는 4부까지 숨 돌릴 틈 없는 긴박함으로 잠시도 책을 내려놓지 못하게 만든다.

이렇듯 탄탄한 구성과 더불어 가장 큰 매력은 등장인물들이다. 주인공들은 분명 토끼이고 철저히 토끼답게 그려져 있지만, 독자는 어느새 토끼들과 함께 웃고 울게 된다. 저마다 뚜렷한 개성을 가진 토끼들을 통해 자신과 주위 사람을 되돌아보게 되고, 진정한 우정과 용기, 끈끈한 동료애와 진정한 지도자상에 대해 생각하게 된다. 새로운 보금자리를 찾기 위해, 살아남기 위해 온갖 시련을 극복하면서 여행하는 토끼들이 우리 인간과 크게 다르지 않다는 느낌마저 든다.

헤이즐은 겉보기에는 특출난 점이 없다. 몸집이 크다거나 싸움을 잘한다거나 머리가 비상한 것도 아니다. 하지만 남의 의견에 귀기울일 줄 아는 겸손함과 합리적이고 상식적인 판단력, 약한 자를 돌볼 줄 아는 동정심과 연민, 용기, 결단력을 갖추고 있고, 그런 자질을 통해 훌륭한 지도자로 성장해 나간다. 빅윅은 거칠고 다혈질이지만 불의를 보면 참지 못하고 의리 있고 투지에 넘치는 전사이다. 특히 3부와 4부에서 빅윅의 활약은 헤이즐에 버금갈 정도로 강렬한 인상을 남긴다. 파이버는 예언자로서 마을이 위기에 빠질 때마다 결정적인 역할을 하며, 이 세상과 저 세상을 잇는 역할을 한다. 가장 큰 악역을 맡고 있는 운드워트조차 나름대로 매력 있는 인물로 그려지며 무조건 배척당하지 않는다. 이렇듯 토끼들의 성격이 복합적으로 그려져 있고 구성과 긴밀히 연결되어 이야기에 생동감을 부여한다는 점은 뛰어난 문학 작품에서만 볼 수 있는 미덕이다.

이 작품은 인간 사회에 대한 알레고리로도 읽힌다. 헤이즐의 마을은 개성과 다양성이 존중되고, 구성원의 동의를 거쳐 지도자를 뽑는 민주적이고 이상적인 사회이다. 에프라파는 개인의 자유를 압살하는 전체주의를 상징하고, 카우슬립의 마을은 토끼 본연의 건강한 생명력을 잃어버린 퇴폐적인 사회를, 헤이즐의 고향 샌들포드 마을은 서열이 분명한 계급 사회를 상징한다. 그중에서도 헤이즐의 마을과 가장 첨예한 대결을 펼치는 에프라파는 비판적으로 표현되긴 하지만 토끼 사회, 아니 인간 사회에서 나올 수 있는 하나의 전형으로 묘사되고 있어서 작품의 깊이를 더해 준다.

워터십 마을과 카우슬립 마을의 비교도 대단히 흥미롭다. 작가는 두 마을을 비교함으로써 단순히 정치적인 알레고리를 넘어 인간과 사회의 관계, 전통과 신화의 의미, 가치 있는 삶이란 무엇인가에 대해 의미심장한 질문을 던진다. 토끼족의 영웅 엘-어라이라의 신화를 믿지 않는 카우슬립네 마을은 전통으로부터 자유로워지기보다는 토끼의 정체성을 부정함으로써 타락한다. 현실의 모순에 눈감고 허위와 기만에 사로잡힌 이들은 삶의 의지를 부정하고 죽음을 찬양함으로써 건강한 생명력을 잃고 거짓된 삶을 살아갈 수밖에 없다. 반면 헤이즐이 이끄는 토끼들은 토끼족의 정신적 지주인 엘-어라이라를 기리며 토끼로서의 자긍심을 잊지 않고 그 신화에 담긴 지혜와 풍부한 자양분에 기대어 이상적인 사회를 만들어 나간다. 인류와 신화, 전통과 사회에 대한 작가의 관점이 잘 드러나는 대목이다.

  이 책을 처음 만났을 때의 기쁨은 지금도 잊을 수가 없다. 하지만 이렇게 훌륭한 작품을 번역하는 과정은 행복하지만은 않았다. 오히려 그만큼 힘들고 고통스러운 시간이기도 했다. 세상에 나오게 된 지금도 가슴은 설레지만 아쉬움이 많이 남는다. 이 책이 부디 많은 이들에게 소중하고 의미 있는 작품으로 남았으면 하는 욕심을 내 본다.

2002년 가을, 햇살과나무꾼

워터십 다운의 열한 마리 토끼 4

2002년 10월 18일 1판 1쇄
2014년 11월 30일 1판 8쇄

지은이 : 리처드 애덤스
옮긴이 : 햇살과나무꾼

편집 관리 : 아동청소년문학팀
제작 : 박흥기 | 마케팅 : 이병규, 최영미, 양현범, 정은숙

출력 : 한국커뮤니케이션 | 인쇄 : POD코리아 | 제책 : 정문바인텍

펴낸이 : 강맑실
펴낸곳 : (주)사계절출판사 | 등록 : 제406-2003-034호
주소 : (우-)413-120 경기도 파주시 회동길 252
전화 : 031)955-8588, 8558 | 전송 : 마케팅부 031)955-8595 편집부 031)955-8596
홈페이지 : www.sakyejul.co.kr | 전자우편 : skj@sakyejul.co.kr
독자카페 : 사계절 책 향기가 나는 집 cafe.naver.com/sakyejul
페이스북 : facebook.com/sakyejul | 트위터 : twitter.com/sakyejul

값은 뒤표지에 적혀 있습니다. 잘못 만든 책은 구입하신 서점에서 바꾸어 드립니다.
사계절출판사는 성장의 의미를 생각합니다. 사계절출판사는 독자 여러분의 의견에 늘 귀 기울이고 있습니다.

ISBN 978-89-7196-915-1 44840
ISBN 978-89-5828-473-4 (세트)

약은 헤이즐에 버금갈 정도로 강렬한 인상을 남긴다. 파이버는 예언자로서 마을이 위기에 빠질 때마다 결정적인 역할을 하며, 이 세상과 저 세상을 잇는 역할을 한다. 가장 큰 악역을 맡고 있는 운드워트조차 나름대로 매력 있는 인물로 그려지며 무조건 배척당하지 않는다. 이렇듯 토끼들의 성격이 복합적으로 그려져 있고 구성과 긴밀히 연결되어 이야기에 생동감을 부여한다는 점은 뛰어난 문학 작품에서만 볼 수 있는 미덕이다.

이 작품은 인간 사회에 대한 알레고리로도 읽힌다. 헤이즐의 마을은 개성과 다양성이 존중되고, 구성원의 동의를 거쳐 지도자를 뽑는 민주적이고 이상적인 사회이다. 에프라파는 개인의 자유를 압살하는 전체주의를 상징하고, 카우슬립의 마을은 토끼 본연의 건강한 생명력을 잃어버린 퇴폐적인 사회를, 헤이즐의 고향 샌들포드 마을은 서열이 분명한 계급 사회를 상징한다. 그중에서도 헤이즐의 마을과 가장 첨예한 대결을 펼치는 에프라파는 비판적으로 표현되긴 하지만 토끼 사회, 아니 인간 사회에서 나올 수 있는 하나의 전형으로 묘사되고 있어서 작품의 깊이를 더해 준다.

워터십 마을과 카우슬립 마을의 비교도 대단히 흥미롭다. 작가는 두 마을을 비교함으로써 단순히 정치적인 알레고리를 넘어 인간과 사회의 관계, 전통과 신화의 의미, 가치 있는 삶이란 무엇인가에 대해 의미심장한 질문을 던진다. 토끼족의 영웅 엘−어라이라의 신화를 믿지 않는 카우슬립네 마을은 전통으로부터 자유로워지기보다는 토끼의 정체성을 부정함으로써 타락한다. 현실의 모순에 눈감고 허위와 기만에 사로잡힌 이들은 삶의 의지를 부정하고 죽음을 찬양함으로써 건강한 생명력을 잃고 거짓된 삶을 살아갈 수밖에 없다. 반면 헤이즐이 이끄는 토끼들은 토끼족의 정신적 지주인 엘-어라이라를 기리며 토끼로서의 자긍심을 잊지 않고 그 신화에 담긴 지혜와 풍부한 자양분에 기대어 이상적인 사회를 만들어 나간다. 인류와 신화, 전통과 사회에 대한 작가의 관점이 잘 드러나는 대목이다.

 이 책을 처음 만났을 때의 기쁨은 지금도 잊을 수가 없다. 하지만 이렇게 훌륭한 작품을 번역하는 과정은 행복하지만은 않았다. 오히려 그만큼 힘들고 고통스러운 시간이기도 했다. 세상에 나오게 된 지금도 가슴은 설레지만 아쉬움이 많이 남는다. 이 책이 부디 많은 이들에게 소중하고 의미 있는 작품으로 남았으면 하는 욕심을 내 본다.

2002년 가을, 햇살과나무꾼

워터십 다운의 열한 마리 토끼 4

2002년 10월 18일 1판 1쇄
2014년 11월 30일 1판 8쇄

지은이 : 리처드 애덤스
옮긴이 : 햇살과나무꾼

편집 관리 : 아동청소년문학팀
제작 : 박흥기 | 마케팅 : 이병규, 최영미, 양현범, 정은숙

출력 : 한국커뮤니케이션 | 인쇄 : POD코리아 | 제책 : 정문바인텍

펴낸이 : 강맑실
펴낸곳 : (주)사계절출판사 | 등록 : 제406-2003-034호
주소 : (우)413-120 경기도 파주시 회동길 252
전화 : 031)955-8588, 8558 | 전송 : 마케팅부 031)955-8595 편집부 031)955-8596
홈페이지 : www.sakyejul.co.kr | 전자우편 : skj@sakyejul.co.kr
독자카페 : 사계절 책 향기가 나는 집 cafe.naver.com/sakyejul
페이스북 : facebook.com/sakyejul | 트위터 : twitter.com/sakyejul

값은 뒤표지에 적혀 있습니다. 잘못 만든 책은 구입하신 서점에서 바꾸어 드립니다.
사계절출판사는 성장의 의미를 생각합니다. 사계절출판사는 독자 여러분의 의견에 늘 귀 기울이고 있습니다.

ISBN 978-89-7196-915-1 44840
ISBN 978-89-5828-473-4 (세트)